感谢薛明理、田鸽女士

对我完成本书过程中的帮助和建议。

本故事中所有的纯真与欢笑，

献给李一禾和小黄。

里则林 作品

疯犬少年的天空

北京联合出版公司
Beijing United Publishing Co.,Ltd.

目录

contents

序言

我小时候从上海搬到重庆，发现听不懂那里的人说的话，他们也不肯讲普通话。我不知道怎么办的时候，周末只能去书店看书。

那时候没有新媒体，没有智能手机，没有那么多远在千里也可以近在咫尺的互联网社交，纸媒还很发达，书本还是大家休闲娱乐的一个重要选择，所以光解放碑步行街上就有四家书店。

我还是一个小学生，零花钱不够买书，就在四家书店里轮流转，站着看书，一看一整天。书店里有很多像我这样的孩子和少年。我在那里度过了很长一段不讲话的日子。

这些人后来是否还喜欢看书，他们都长成什么样了？我不知道。

但那时候我和他们就像朋友。

虽然我们从来没有说过一句话，但因为有了彼此，才不会觉得愣生生地站在书店里光看不买是一件尴尬的事情。

那年就这样看了很多书。

有《爱的教育》，有《少年维特的烦恼》，也有《史记》和《资治通鉴》，还有《三国演义》《岳飞传》。

我每天在不同的国度、不同的时代、不同的世界里穿梭，有时为书里的人物揪心，有时又为他们感到快乐，也从字里行间汲取到了善意。

某天，我翻开一本以前几乎不会看的《儿童诗歌集锦》，看到一段诗歌，令我印象深刻，大概是：

在彩虹之上，有一个很高的地方
那片乐土，你也曾在摇篮曲中听过
彩虹之上，天空蔚蓝
只要你敢于做梦，都会实现
有一天，你也会对着星星许愿
然后在云远天高处醒来
在那里，烦恼会像柠檬汁一样融化
像一只青鸟悠然飞翔
它越过彩虹，白云匍匐脚下，与星辰做伴

那可能是我这辈子第一次会心一笑。

我不知道它在说什么，但在懵懂中总觉得自己就这样相信了它。

重庆是一座天空总是灰蒙蒙的城市，白日没有蓝天，夜空鲜有星辰。

但这些莫名其妙的句子，却让我相信我们看到的云彩和星辰，并非天空的极限与尽头，也许它们背后还藏有一个世界，在那里，我们没有烦恼，没有忧愁，再也不用担心不会讲重庆话，再也不用害怕无人陪伴和暑假作业。

年幼的孤独与怕生，被一扫而空。

很多年之后，我才知道，原来这是*Over the Rainbow*（《飞越彩虹》）的歌词。

后来渐渐进入青春叛逆期，我早就不记得书长什么样子了，也忘记了去书店的路，迄今人生中为数不多的优良爱好，就这么被抛下了。

只是在青春叛逆时期，有了更多的烦恼，既不知道它从何而起，也不知道它至哪儿而终。

“身处年少时光，总有日后回想起来很难理解的苦闷，但此时此刻的少年们，实实在在地感受着惆怅与烦恼。”

后来初中毕业，带着这股未完结的烦恼，我离开重庆，独自去了海南。

只是令人惋惜的是，在重庆度过八年时光后，我已经不会说普通话了，而在海南他们又全都讲普通话。

再一次感到陌生与孤独时，我才再次想起那些在书店里的日子。

于是有一天，我的老师给了我一箱书，当我看完那箱书的时候，我也差不多成年了，考了大学，走向未来，慢慢步入了社会。

年少的时光被抛在脑后，时常忆起的，只有那些辗转漂泊时不同地方的同一片天空。

每当你抬头望去，你会知道同在这片广阔天空之下的，有与你失散的人，有与你分离道别的朋友，有曾与你并肩同行最终沦为陌路的伙伴，有你爱和爱你的人，有很多时光和记忆。

他们有时在天空中忽隐忽现，有时藏在密云之后，但他们将在你生命中的那片天空下，永远与你同框。他们是你的一部分。

最终说说这本新书，《疯犬少年的天空》，一座天空蔚蓝的海岛之上，一所管理森严的私立学校，五位坐在教室后排的废柴少年，一段漫漫马拉松长路，一个与昨天的自己赛跑的故事。

是孤独，还是你封闭了自己的内心?

是烦恼，还是你青春时的敏感，以至于风吹草动也成了山崩海啸?

当别人投来质疑的目光，你也忍不住问自己："我真的仅此而已了吗?"

你是否想过去做一件看似毫无意义的事情，不为别的，只为反驳这样的自己?

你是否想过张开双臂，学着拥抱这个世界赠予你的星空草木，然后抬头望向天空，去发现它的辽阔?

总有一片天空，能装下所有的你。

希望这本书能成为你们的朋友，陪伴天南海北的你们走过一些或好或坏的时光。

最后谢谢开头提到的那四个书店，它们分别是解放碑步行街上的"重庆书城""经典书店""新华书店"以及好像已经关闭了的"现代书城"。

谢谢你们让许多孩子和成人发现了许多可能，谢谢你们给了一个就算不买书也能看书的地方。

你们让一个懵懂孩童在那年产生一个懵懂的想法——想变得和那些写作者一样，试着写一个能让人鼓起勇气，穿过那片密云，找到藏在背后的天空的故事。

他坐在高高的山冈上，感到自己像鸟一样轻，像云彩一样高。他忽然想到，飞翔是为了落地，漂泊是为了停靠，长路漫漫地奔跑，无非是为了最后可以心无旁骛地驻足，然后凝望着自己所喜爱的东西，再没有一丝惶恐与不安。

疯犬少年的天空

1

主角登场

“从天空看向大地，

人群中那个突出的年轻人，就是我们的主角，马田。”

故事开始的时候，作者首先会从天空看向大地，然后看到人群中那个突出的年轻人，他就是我们的主角——马田，十五岁，今天他将和大家一起毕业。他半张着嘴，一如既往地像个弱智，呆滞的目光说明他初中三年不学无术，过人的身高和腿长，说明他在这三年睡足了觉。

此时主席台上站着初三年级的史老师，他看着面前黑压压的一片学生，拿着话筒，一脸殷切地说：“昨天你们还是懵懂孩童，如今已是翩翩少年，恭喜你们，终于正式毕业，你们终于可以尽情地放松、玩耍，过一个没有作业的暑假了，但最后，请允许我再占用你们一分钟的时间。因为在多年前，我还在小镇上教书时，也曾说过同样的话，做过同样的事情。”

史老师接着说：“现在请你们花一分钟的时间问自己一个问题：你这一生最想做什么？”

下面人头攒动，却鸦雀无声，马田想了很久，脑海里跳出无数个想法，从成为非洲部落的酋长到做第一个在火星定居的地球人，应有尽有，忽然他的眼睛里闪烁出智慧的光芒，觉得自己应该做一件厉害的事。

这时台上的史老师又说："然后花一天的时间，去记住脑海里出现的第一个想法。最后再花一辈子的时间，去努力实现这个想法。毕业快乐！解散！"

操场上黑压压的一群初中毕业生瞬间作鸟兽散。马田更是犹如一匹脱缰的野马，仰天长啸，跑在所有毕业生的前面，后面跟着几个人，分别是大嘴、傻强和老狗。

马田冲回教室，急切地搬出各类教材，把教室里的几台吊扇都开到最大，等到毕业生走回教学楼做最后的告别时，他忽然开始疯狂地撕书，接着用力地把纸屑都撒向空中。看到这一幕的同学，先是惊讶，然后开始起哄。

不一会儿，越来越多的人被鼓动着加入。大家纷纷搬出自己的习题、试卷、教材，用力地撕碎，没多久，各个班级撕的纸屑已经从教室蔓延到了楼道。随着风扇强烈地吹拂，整个初三楼层犹如下雪一般，"白雪纷飞"起来。

在毕业彻底到来之前，大家都还小心翼翼地隐藏着心中的那股兴奋，而此刻躲藏在纷飞的纸片中，这群十四五岁的少年再也无法压抑心中这股从未有过的自由感觉。

他们嬉笑、追逐和打闹，开心地大喊大叫，毕业了，再见了，纸落如雪，笑靥如花，初中三年的压抑一次性疯狂地释放开来。

马田带着一群人在楼道里左蹿右跳，不断地把怀里的纸屑撒向空中，在白茫茫的一片里，他忽然看见一个长相甜美的短发女生正站在楼道的另一头，如仙女一般，静静地看着自己。

马田露出微笑，忽然短发女生双手放在嘴边大喊："马田！我不会跟你在一起的！"

楼道里瞬间安静，毕业生都屏住呼吸，定在原地。

短发女生又大喊："你的操行分到毕业都没及格，你是升不了学的！"

跟在马田身后的大嘴、傻强和老狗，也停止嬉笑、打闹，已经抛撒至空中的纸屑都在缓缓下落。

马田被这晴天霹雳击愣了，站在原地，半天才张嘴说了句："什么？"

大嘴在后面一个箭步上前，在马田耳边认真地大喊："大哥，她拒绝了你！"

马田捂着胸口，屈膝，傻强立马上前搀扶住他：“兄弟，我们那天说好了，过了十五岁，要兄弟如手足，女人如衣服！”

老狗叹息着拍了拍马田的肩膀，用脚踢了踢地上好几厘米厚的纸屑，扬起好几片，然后痛心疾首地说：“那简直是六月飞雪，裸奔了我的哥，衣服都没了。”

马田听完，有气无力地回道：“是啊，我的弟。”说完他两眼一闭，躺在软绵绵的纸屑上，感到一股巨大的虚无，如身下是无底的洞穴一般，沉沦不止。

四人坐在高高的天台上，眺望着远方。伴着落日余晖，马田双眼通红。

傻强：“大哥，再找一个操行分跟你一样低的女孩子不就行了吗？”

马田：“不可能了，整个重庆市，别说女孩子，就是找个操行分跟我一样低的男孩子都很难。”说完，他幽怨地看向身后的三人，他们全都羞愧地低下了头。

“也许，这就是被青春击垮的滋味吧。”马田忧伤地说。

然后四人抱头痛哭，傻强、大嘴和老狗三人边哭边说：

“是我们不好，我们操行分居然不一样低，但我们明明已经很努力了！”

“能不做的作业都不做了！”

“能得罪的老师都得罪了！”

“但上次卸掉学校大门拿去卖的时候，你怎么没拉上我们，自己默默地去了？！你自己这一下就扣了很多分，我们跟不上啊！！我们尽力了啊！！”

夕阳西下，四个悲伤的年轻人就这样自责着，痛哭着，爱着，忍着，感受着青春。

2

一个垃圾

“父亲摸了摸他的头：‘儿子，虽然全世界都觉得你是个垃圾，但我永远不会忘记，你在成为垃圾之前，首先是我的儿子。’”

马田面无表情地坐在沙发上。

母亲大人正在看一份又一份的学校资料，和马田的父亲商量着。

忽然母亲像发现新大陆一样：“这个好！私立！全封闭！每周只能放风两个小时！重要的是，在海南岛，隔着一片海，插翅难飞！远离狐朋狗友！”

马田的父亲无奈地看了看马田的母亲，又看了看双眼放空、面无表情的马田，默默叹了口气。母亲兴高采烈地拿着资料和电话去咨询了。

马田的父亲默默地坐到马田身边，摸了摸他的头：“儿子，虽然全世界都觉得你是个垃圾，但我永远不会忘记，你在成为垃圾之前，首先是我的儿子。爸爸永远爱你。”说完用力抱了抱马田。马田在父亲的怀里，点了点头。

一个天仍未亮的清晨，浓雾未散，马田满头大汗地跑在江边的小路上，步伐平稳，呼吸均匀。远处忽明忽暗的路灯闪烁，晨练的邻居老头扭着腰，脚边放着一个收音机，收音机里正在放鲍勃·迪伦的*Blowing in the Wind*（《答案在风中飘扬》）。

2 一个垃圾

悠扬的歌声，在这宁静的早晨飘向四方。马田停下脚步，擦着汗，看着熟悉的一切。天空一如往昔，灰蒙蒙一片。

“你没有看过星星吧？” 邻居老头问。

马田转过头看着晨练的老头，摇了摇头。

“我已经好多年没见过了。” 邻居老头擦着汗自顾自地说着，“听你妈说，要把你送去海南岛上高中了。去那边好，可以看到星星。”

马田听完，一股不爽涌上心头，用力地踢了一下脚下的石子，然后一语不发地跑走了，剩下老头一个人呆愣在原地，看着他渐行渐远的背影。

转眼暑假接近尾声。

在离别的机场国内出发厅，大嘴、老狗和傻强三个人带领着一支仪仗队，吹响了一曲《友谊地久天长》，整个国内出发厅的人都呆呆地看向他们。

马田看着他们，感动之余，还是忍不住问了一句：“为什么是唢呐？”

大嘴红着眼睛，笑着说：“因为唢呐便宜。”

马田点了点头："那你让他们省点儿吹，给你自己留点儿。"

大嘴笑笑，做了一个打住的手势，唢呐停了下来。

在临别的机场，几个人彼此对视好几眼，忍不住笑了起来。马田挥挥手，转身走进安检口。

飞机轰鸣而起，如飞鸟般直入云霄，躲在层层密云之后的金色日光，落在窗边，映照在马田安静的脸上。

对于离别，马田习以为常，但习以为常不代表可以轻易接受。只是母亲一如既往地强势，从未让他有过真正的选择权，生活中许多天翻地覆的暗流就这样流淌在这些平静里。

3

一所神奇的高中

“一位身穿阿根廷球服的小哥背对门口，仰着头，坐在一棵椰子树下一动不动，他嘴巴里咬着一根长长的树枝，球衣上印着：拿起笔，放下刀。”

飞机缓缓降落，马田走出到达口，猛然见到一张自己的非主流照片被一个戴墨镜的大叔高高举在手中，照片里的自己留着长长的刘海，手里夹着一支笔当烟抽。那是一年前的QQ空间头像。

马田心中一紧，赶紧拉低自己的鸭舌帽挡住脸，加快步伐想躲开这令人羞耻的画面，却忽然听到一声大喊："欸！是你，你是马田！"墨镜大叔高声喊着，还晃了晃手中的照片，对旁边的人询问道，"我戴着墨镜，你帮我确认一下，照片上的人是不是他？"旁边的人点头。

所有的人都看向马田，同时又看着大叔手上高举的照片。马田脸上一阵滚烫，立马对大叔比画着赶紧走的手势。大叔热情地紧跟着马田往外走："是你吧，没错吧，你妈叫我来接你，说你喜欢排场，我给你弄了张大照片！"

"客气了，客气了，小声点。"马田尴尬地回应，心中满是无奈，拉着大叔的手让他把照片放下来。大叔意犹未尽地不知道在兴奋什么。

出了机场，一股热浪扑来，海岛的气息包裹了马田的全身。

3 一所神奇的高中

这里的天空一片蔚蓝，阳光刺眼，眼睛都睁不开。路边小店的喇叭统一放着陈楚生的《有没有人曾告诉你》。大叔一路上兴高采烈地介绍着海南岛的风土人情，又热情地介绍陈楚生，称其为海南岛的骄傲，今年全岛投票，把他投成《快乐男声》第一名。马田翻着白眼，半张着嘴看向窗外。湿热的海风从车窗外不断地吹拂进来。

穿过一条热闹的马路，车子拐进一所大学，门内是一段林荫小道，又往里开了一段，到了一个“校中校”门口。马田睡眼惺忪地坐起来，打开车门，走下去。

一道铁栅栏大门出现在眼前，里面矗立着一栋二十世纪七十年代风格的蓝、白色相间的教学楼，墙上有一些因风吹日晒而产生的裂痕。教学楼前是一片粗糙的水泥地篮球场和涂着红色油漆，画着白线的跑道，上面走动着一群来自热带的学生，他们穿着各色印着DIY字体的球衣，阿根廷、巴西、英格兰……犹如一个世界杯现场。

一位身穿阿根廷球服的小哥背对门口，仰着头，坐在一棵椰子树下一动不动，他嘴巴里咬着一根长长的树枝，球衣上印着：拿起笔，放下刀。马田忍不住打了个寒战。

另一位颓废少年面无表情地路过马田，球衣背后印着“放我出去”几个鲜红的大字。

除此之外，竟然还能看到很多小学生在操场上跑来跑去，追追打打，嘴里快乐地骂着脏话。学校门口还有一摊一摊的已经干掉的红色痕迹。门口旁边有个少年，面色苍白地扶着铁门，忽然吐出一口红色液体。

马田吓得全身一哆嗦，惊讶得合不拢嘴，惊恐地转头看向大叔，大叔看了看马田，又看了看那个“吐血”的少年，笑着说：“没事的，没事的，你们外地人不懂，那是槟榔汁！我们热带的休闲食品。”

忽然学校的喇叭响了起来：“陈壮成，你骂我的女人，你有种现在就来操场和我赛跑，输了你就是我儿子，你不来你就是废物！陈壮成……” 惊魂未定的马田又惊恐地看向大叔，大叔又淡然地摆摆手：“没事的，没事的，年轻人血气方刚！”

此时远处的教学楼楼梯口出现一个穿着球衣、球裤的少年，他正被一个穿着白衬衫、黑裤子，梳着分头的老师提着耳朵往办公室走去。老师大声教训着该少年，声音大到站在门口的马田都听得一清二楚：“你真是胆大包天敢进来抢组织的麦克风喊话，还喊得这么没有正能量，一点儿都不符合社会主义核心价值观……” 在骂骂咧咧中两人进了办公室。

“看到没，看到没，老师很负责任的。”大叔边提着行李边看着远处的那对师生，招呼着马田往学校里走，“这里包括小学、初中、高中，私立学校，还不错，而且在大学里面，你妈说你调皮，这个学校全封闭，只有周末能出去放两个小时风，要按时回来，不然以后就没机会出去了，你妈是我的老同学，你有什么事就给叔叔打电话，要团结友爱，好好学习……”

大叔絮絮叨叨地说了一大通话，而马田周围全是发型千奇百怪的热带少年和儿童……他们大都穿着拖鞋或者干脆不穿鞋，在四处快乐地奔跑着、打闹着、谩骂着。

马田今年十五岁，不久前感到青春是疼痛的，现在他开始感到心如死灰。

夜里他躺在靠近宿舍门口的上铺床位，同学们在黑暗中热烈地聊天，交换着名字、爱好等。

忽然下铺的少年尖声尖气地问马田：“上面那位，你海南哪儿的啊？”

马田缓缓开口：“我不是海南的，我重庆的。”

下面立马回应道：“啊？什么？重庆的，大陆仔？”

马田觉得莫名其妙，反问一句：“大陆的怎么了？”

“哦，没怎么，学校门口有个乞丐，每天疯疯癫癫的，衣服也不穿。”下铺的同学说道。

马田：“然后呢？”

“然后他就是你们大陆人啊！哈哈哈哈！”下铺的同学讽刺地笑着，接着其他几个同学也发出几声低调的笑。

马田握紧拳头，闭上双眼。

过了一会儿，下铺的那位少年用手机放歌：“我怕我没有机会，跟你说一声再见，因为也许就再也见不到你……”曲调欢快，歌词却全是离别。马田心里阵阵波澜起伏。

马田问了句：“这是什么歌？”

下铺的少年回应道：“张震岳，《再见》。”随后又阴阳怪气地补充一句，“台湾歌手哦，不是你们大陆的。”

宿舍有几个人实在忍不住，笑出了声。

3 一所神奇的高中

马田无奈地看着窗外，黑暗中窗外的树影随着晚风摇曳，传来沙沙的响声，又响起几声虫鸣。马田从未觉得如此孤独，做着深呼吸，控制着情绪，把被子蒙在头上。

忽然，只见马田猛地坐起来，嘴里大骂一句："去你的！"

他骂完瞬间跳下床，一脚踩在下铺少年的肚子上，顿时两人就扭了起来。所有的舍友立马跳下床，几乎所有的人都只拉着马田，却没有人拉一直挑衅马田的本地少年，本地少年如打固定沙包一样对着马田拳打脚踢。

突然宿舍门被用力推开，大家立即停下来，一个矮胖的中年男人穿着背心和短裤恶狠狠地看着他们。有人小声地嘀咕着："宿管来了……"

宿管大叔缓缓踱步走进来："很厉害啊，报到第一天就打架。谁先动手的？"

所有人齐刷刷地看向气喘吁吁的马田。

宿管略带怀疑地问了一句："真的是你吗？"

马田定了定神，整理了一下自己被扯得乱七八糟的上衣，没有否认。

"为什么要动手打人？"宿管怒气冲冲地问马田。

马田站在原地沉默不语。

宿管看着沉默的马田高声喝道："你给我滚到楼道里站够两个小时再回来睡觉。"

马田径直走出宿舍，经过下铺本地少年时，本地少年一脸得意地低声说了句："大陆仔。"

马田站在楼道里，背对着宿管的房间，此时正有几只热带的蚊子围着他"嗡嗡"地转，他不得不时不时地用力挥舞着手，想赶跑蚊子，但效果甚微。他的心情变得更差了。

宿管躺在床上，悠闲地看着电视。

大概过了半个小时，马田身后的房间里忽然传来低沉的声音："我叫洪大国。你叫什么？"

"马田。"

"为什么新生报到第一天就跟人打架？"

马田不知道怎么解释，无奈地回道："说不清楚。"

洪大国："这里对纪律要求很严格，因为全是你们这些调皮捣蛋的人，所以做任何类似这种越轨的事情都会受到严惩，你明白没？"

马田点点头。

“听你口音，不是本地人。”

马田又点点头：“重庆来的。”

“被歧视了？”洪大国问道。

马田摇摇头。

但洪大国丝毫没有理会他的摇头，接着说：“他们没有恶意，有时候也是被家长灌输了一些思想，本地人其实都比较淳朴，有些大陆人则比较复杂，你慢慢想吧。我也是重庆的。”洪大国淡淡地回道。

马田有些惊讶地回过头看了看宿管洪大国。

过了一会儿，一盘点着的蚊香放在了马田脚边，洪大国悠悠地说：“还有一个小时。”然后往楼层深处巡视去了。

晚风吹过，马田低着头看着那盘蚊香，又看了看洪大国矮壮的背影优哉游哉地走远，小声地说了句：“谢谢。”

疯犬少年的天空

4

被孤立的人

“他发现所有人都怨恨地盯着自己，

心中既不服，又愧疚。”

开学第一天，马田和其他同学在食堂吃完早餐就到了教室，领完迷彩服，下午开始军训。

烈日当头，大家站在校外的林荫小道上分班集合。集合完毕，教官看着所有的高一新生，突然高声喊了句：“高一（3）班，全体，走到我这里。”

教官站在一片没有树荫遮阳的空旷地带，整个3班的新生都感到很诧异。其他班级的同学全都在树荫下站着，奇怪地看着马田所在的高一（3）班，等着看热闹。

教官表情严肃地扫视着整个班级，高声喝道：“昨晚所有新生报到，大家都很乖，偏偏你们班，有人打架斗殴。真厉害！”说完边冷笑边讽刺地鼓起了掌。

大家左顾右盼地议论纷纷。

“是谁呀……”

“真害人害己……”

“简直是孽障啊……”

马田感到浑身不自在。

教官继续说：“然后我忍不住好好打听了一下，到底是谁这么厉害，动手打了人。”紧接着，教官语调夸张地说，“他就是——么啊——马，特一安——田！”

“谁是马田？”

“是哪个人渣？” 大家又在议论纷纷。

马田一脸鄙夷地看向教官。

教官也把目光锁定在马田身上，淡淡地说了句：“马田出列！”

马田从队列中走出来。

挑头惹事的本地少年在队列里和几个小伙伴幸灾乐祸地小声议论着什么。

教官：“喏，你们看到了，是他害得你们班要站在大太阳下面，而其他班级都能在阴凉的地方军训。现在你们开始站军姿！”

马田被教官故意要求面对同学们站着。他和一群同班同学就这样对视着，他发现所有人都怨恨地盯着自己，心中既不服，又愧疚。

其他新生也看着马田和他所在的整个高一（3）班。

时间一分一秒地过去，马田感到灼热难耐，汗水顺着脸颊一滴一滴地淌下，衣服早已浸透。其他班级的人在阴凉处已经训练完一个科目开始了短暂的休息，只有高一（3）班还在烈日下罚站。马田看到自己班级的队列里有几个脆弱的女生眼睛都开始泛红了。

又过了一会儿，马田看到有一两个女生都快扛不住了。

马田于心不忍，大声喊道："报告教官，能不能让我一个人在这儿站着，让他们去树荫下正常训练？！"

"不行！"教官斩钉截铁地说，"你们是一个集体，一人犯错，集体承担！"

马田在同学们的脸上看到了更加深刻的愤怒和绝望。

马田心乱如麻，突然灵机一动，大喊道："报告教官，昨天我们都还没确定分班，我们也就不算一个集体，所以还是等于我个人犯错，不应该一起罚他们。"

这一幕让整个训练场都安静了下来，大家看着马田，马田也紧张地扫视着整个场地，等待教官的答复。

马田忽然发现远处隔壁班也有三个少年正全神贯注地盯着自己，他发现这三人发型一样，都是锅盖头，鞋子一样，都是红色帆布鞋，甚至还戴着一样的手串。一个特别壮，像老大，一脸沧桑的感觉，眼神迷醉；一个细皮嫩肉的，看起来古灵精怪；还有一个傻乎乎的，然后傻乎乎的那个对着马田傻乎乎地笑了。

教官忽然说：“3班除了马田，全部去阴凉处休息吧！”只见整个高一（3）班的学生像一盘散沙，充满解脱感地轰然向阴凉处连滚带爬地靠了过去。大家解散后，全部对马田指指点点，嘴里小声地骂骂咧咧，依然没有一个人对他有半点感激，觉得罚站的事情本就因他而起。

马田终于感到莫名的轻松，心里落下一块大石，也并不在乎同学们对他持续的怨恨之情。眼睛扫过下铺招惹他的本地少年时，本地少年略带尴尬地回避了目光。

过了很久，洪大国走过，停下脚步，他看了看马田，又看了看其他人，马田已经意识模糊，摇摇欲坠，只见洪大国到教官耳边小声言语了两句，然后走了。

过了一会儿，教官说：“这样吧，现在三点，军训五点结束，还有两个小时，你们每出来一个人陪他罚站，他就可以少站半个小时。最多三个人。”

下面鸦雀无声，无人动弹。

过了一会儿，隔壁班忽然出列一个人，大摇大摆地走到马田身边，二话没说就开始陪他罚站。大家议论纷纷，教官也诧异地看着他。

他无所谓地对教官说了句："教官你刚刚也没规定只能是他自己班的人。"

马田看了看身边的人，正是刚才全神贯注盯着他的那三个人中像老大的黑壮少年。

黑壮少年面无表情地说："看你可怜，我反正也不怕晒，无所谓。"然后满脸迷醉，沧桑地看着远方。

与此同时，另外两个锅盖头也纷纷站到了马田身边。

细皮嫩肉、古灵精怪的那个说："我哥来了我才来的。"

那个看起来傻乎乎的仍然傻笑着对马田说："我们现在是不是只要一起再站半个小时就行了？"

马田点点头，有气无力地对他们三个人笑了笑，恍惚中仿佛看到了傻强、大嘴和老狗。

在接下来一个星期的军训里，高一（3）班比其他班级额外多出一些强度，每当出现这些额外多出来的训练时，全班的怨恨再一次集中在马田身上。马田对这些幽怨之气，只能假装感受不到。

5

星空之下

“十五岁这年，他终于体会到什么叫‘每逢佳节倍思亲’，
忽然觉得他曾经因为习以为常而变得毫无感觉的家，
此时此刻离他如此遥远。”

开学以后，自然而然地，马田成了被班级和宿舍孤立的人，一个人坐在教室的角落，没有同桌，也没人理他。他每天在课堂上望着窗外出神，下课后则静静地坐在操场的椰子树下，看着铁栅栏大门发呆。周末大家成群结队地出去玩耍两个小时，而他一个人静静地躺在宿舍里，偶尔接到父母的电话，总是没精打采，有气无力地听着父母在那头絮絮叨叨，偶尔和老狗、傻强、大嘴三个人打电话，又精神抖擞，牛皮吹尽，一副在当地嚣张跋扈、意气风发的样子。

没过多久，中秋来临，学校要放三天假。大家都兴高采烈地整理着小包裹，准备回家过节。马田静静地坐在靠门的上铺，看着他们一个一个被父母接回家过节。

临近傍晚，整栋宿舍楼也许只剩下马田一个人。马田去食堂吃过饭，夜里躺在空无一人的宿舍里，百无聊赖地数着旁边大澡堂的滴水声，从一数到好几百，数岔了又重新数，才渐渐沉沉睡去。

第二天是中秋节，马田到下午才跳下床，没精打采地走出宿舍，洪大国站在楼道里看着他，他看着洪大国。

5 星空之下

“你打算去哪儿？”洪大国问。

马田愣了一会儿：“我要去和一个亲戚吃饭。”

洪大国：“你在这儿有亲戚？”

马田点点头，洪大国也点点头。

马田在学校门口的保安处登记完毕，走出学校，忽然感到一片陌生，穿过林荫小路，到了大学门口，到处是提前歇业的小吃摊和地摊，老板正匆匆忙忙地收拾着东西，马路对面则是几家小饭馆。

他走进一家快餐店，顾客寥寥，吃了一份快餐，然后发起了呆。天色渐渐暗下来，老板过来告诉他今天是中秋节，要提前关店回去过节，于是马田满脸不好意思地结账走出小餐馆，往高中所在的大学校园里走去。

天色已经完全暗下来了，他经过一片宽广的草坪，发现好多放假的大学生一群一群地凑在一起，围成一个又一个的圈儿，玩着一些小游戏，抑或拿着一些乐器在一起唱歌，其乐融融，热闹不已。

马田在草坪上找了一个偏僻的角落坐下来，远远看着他们出神。忽然手机响起，一看是父母打来的，接通电话，那边家人向马田分享着节日的点滴，然后问马田怎么样。

马田往人群那边靠了靠，让电话那头的家人听到学生们热闹的声响，然后说："挺好的，很多同学都没回家，学校组织我们在一起吃月饼和玩游戏呢。"

父母那边传来安慰的声音："那就好，要合群一点，开朗一点，在家靠父母，在外靠朋友……"父母在那边又絮絮叨叨地说了一堆，马田在电话这头耐心地一句一句地听着。

过了一会儿，姐姐在电话里问："第一次在外面过节，有没有想我们？"

马田笑着说："还好，感觉还挺新鲜的。"说完，眼睛一下子红了，语气开始哽咽，赶紧咳嗽两声掩饰自己的哽咽，低声说，"待会儿聊，游戏轮到我了。"紧接着匆忙挂断电话。刚刚放下手机，马田就躺在草坪上，咬着嘴唇忍不住抽泣起来。

马田一直以为自己坚强得不行，在十五岁这年，他终于体会到什么叫"每逢佳节倍思亲"，忽然觉得他曾经因为习以为常而变得毫无感觉的家，此时此刻离他如此遥远。

在抽泣中，马田忽然感觉自己面前不知什么时候有了个人影，他忍住哭泣，紧咬牙关，从泪眼中仔细辨认该人影，发现对方是个十八九岁的女孩，面庞精致，头发顺着脸颊温柔地披散下来。女孩正睁着大眼睛有点儿诧异又有点儿不好意思地看着马田，他们两人就这么默默地对视着。

马田粗声粗气地问：“怎么了？”

那女孩有点儿夸张地喜笑颜开，小声说：“喂，中秋节快乐呀！”然后手中拿着一块月饼，递向马田。

女孩背对月亮，月光在她身上形成美好的光晕，她头顶上的大月亮散发出温柔的光芒。马田呆呆地看着她，坐起身来，接过月饼，不好意思地结结巴巴地感谢女孩，最后有点儿不知所措。

女孩温柔地笑着：“那……你要过来一起玩吗？”她指了指后面那一圈大学生。

“你先去吧，我待会儿过去。”马田呆呆地说。

女孩看了看马田，确定他没事了，“扑哧”一笑，对马田点点头，然后转身走了。

马田盯着她的背影，又看了看手中的月饼，忽然开心地笑了。

他躺在草坪上，看着远处那个女孩正和她的同学有说有笑，灿烂无邪，像这个夜里的一束光。

马田的心情顿时比之前轻松许多，闭上眼睛，仰起头来，深呼吸一口清爽的空气，渐渐睁开眼，却忽然呆住了。

本该是月明星稀的夜晚，海岛的夜空却点缀着灿烂的群星。

这是他在重庆那座常年天空灰蒙蒙的城市里从未见过的风景。他不禁张大嘴，连呼吸都变得缓慢。他眯着眼睛，满怀惊喜地凝望着这片突如其来的璀璨星空，慢慢张开双臂，让月光和星光肆意洒落在自己身上，温柔的星空润物细无声，仿佛正在安慰他那颗失落、孤独的心。

6

隐形人的朋友

“我还以为只有小孩才这么孤单呢，

原来大人也一样啊。”

马田在这里没有朋友，并且他自己也觉得不需要朋友，同时他不学习，一如往昔。他几乎成了隐形人。

只是在本月月末班级总结上，马田又一跃成了不可忽视的存在，因为他累计不交作业23次，上课睡觉31次，数据震惊了年级训导主任。

于是训导主任当着全班宣布："人活着，脑力活儿和体力活儿总要干一样，所以不做作业、不听课的，就去操场跑圈好了，一次一圈。"全班哗然，齐刷刷地看向马田。

主任推了推眼镜："当然了，写一份1500字的保证书给我，可以减免一些。"然后淡漠地看向马田。

马田沉默一会儿，摇了摇头，说了句："这太消耗脑力了，我还是跑圈吧。"

同学们都忍不住捂着嘴笑了起来。主任面带怒容，没想到马田这么不识趣，生气地说："好，那放学跑完圈你才能回宿舍。"

马田点点头，同学们开始在下面小声地议论。

放学后，操场周围围了很多人，都在看热闹。这时有一个初中部的学生，戴着一副厚厚的眼镜，满脸好奇地往人群里踮着脚看了又看，不断拉着身边的人问怎么回事。

“一个高一新生，被训导主任罚跑操场54圈。”

“一圈400米，一共21600米，21公里。哇，也就是跑半程马拉松的距离。”

围观的学生都惊讶地看了看这位一串数据脱口而出的小不点初中生。

过了一会儿，这个小不点初中生不知道从哪儿又冒了出来，开始在围观群众中兜售饮料和零食。

跑道上，马田气定神闲、一圈又一圈地跑着。

天色已晚，围观的人群渐渐散去，只剩下负责帮马田数圈的老师一圈一圈地帮马田数着数儿。

第一节晚自习的课间，同学们在教学楼道里看着操场议论：“已经快两个小时了，他都没停过，厉害啊。”

隔壁班的三个锅盖头也在楼道里好奇地看着远处跑道上的马田，为首的那个忽然说了句：“这个人为什么总是被罚？”说完静静地盯着马田。马田在跑道上也注意到了楼道里那三个曾经陪他罚站的锅盖头，傻乎乎的那个对着马田友善地摆了摆手，像在对他说保重，马田笑了笑。

马田回到宿舍时，大家已经结束晚自习多时，在宿舍听歌的听歌，打牌的打牌，没人理他。他简单洗漱之后，筋疲力尽地爬上床躺下，看着床头柜上中秋节夜晚那个女孩给的月饼发起了呆。

这次以后，主任对马田束手无策，因为他总是毫不犹豫地去跑圈，并且每次都能跑完，从不求饶。

在又一个跑完圈的夜晚，马田坐在操场边休息，忽然看到有个小朋友一直在旁边的单双杠下面一跳一跳的，就是抓不到杠。马田走到他身边，从背后一把抱起他，轻声说了句："抓住。"

小孩转过身来看了一眼马田，丝毫不怕生，然后马田在下面用力一托，小孩顺势就抓住单双杠爬了上去。马田随后也爬了上去，和他坐在一起。凉风习习，马田长长地舒了一口气。

"你是从哪儿来的，怎么大晚上一个人在这里玩？" 马田问。

“我爸还没下班，我在这儿等他。” 小孩回道。

“你爸爸在哪儿上班？”

小孩指了指远处的学校小卖部。

“你为什么老是一个人在这儿跑步啊？” 小孩小心翼翼地问。

马田愣住了，然后挠了挠头说：“因为哥哥是个运动员，长跑运动员。”

小孩忽然“咯咯”地笑起来：“骗人，我爸爸说了，不好好学习，就像你一样，每天被老师罚跑圈儿。”

被揭穿的马田尴尬地笑起来。

小孩从口袋里拿出一个奥特曼的人偶，递给马田，马田看了看，拿在手中摆弄起来。

然后小孩扯了扯马田的衣服，问他：“世界上真的有奥特曼吗？”

马田听完忍不住“扑哧”笑出声，但看着小孩皱着眉头严肃地盯着自己的双眼，他收起笑容，认真回道：“有，住在天上。”

小孩喜笑颜开，过了一会儿又神色悲伤地说：“但爸爸说没有。”

马田看着小朋友悲伤的神色，只能撒谎道：“你爸爸骗你的，我见过。”

小孩立马惊讶地张大嘴：“你见过？”

“嗯。”

“在哪里？怎么见到的？”

“我像你这么大的时候，有一天晚上，我又没好好学习，然后又被罚跑步，在我快支撑不住的时候，忽然……”马田坐在单双杠上，手舞足蹈地给小孩比画着当天的情形，几度动作过大，差点摔下去，小孩全程一脸惊讶，双眼放光地看着马田胡编乱造。

晚风轻轻吹过，整个校园静悄悄的，仿佛万物都在认真听着马田给小朋友讲他的奥特曼奇遇记。

马田拍拍他的头，对他说：“如果你相信一件事情，就去相信，用不着别人告诉你是真还是假。”说完马田摸了摸小孩的头，小孩似懂非懂地点着头。

从此以后，每天晚自习，小孩都会跑到高一（3）班靠近操场的窗边，盯着坐在后排的马田，对他招手，马田就会找借口走出去，然后和他玩。

熟了以后，马田得知小孩外号是“小马哥”。

小马哥每天拿着不同的玩具来津津有味地听马田胡编乱造各种漫画人物、神话人物和各式超人的奇遇记，马田有时忍不住感叹自己十五年的光阴被无情填满，一生都在奇遇。

当马田在接受体罚跑圈儿的时候，小马哥则会默默地用小手支撑着小脑袋坐在旁边，等他跑完，经常一等就是一晚上。

高一学期期末的体育考试，大家被要求两两一组，自由组合，完成一个篮球传接然后上篮的动作。自然而然，没有人愿意和马田一组，他是正好被多出来的那一个，于是在考试当天，和他一组的便是来自小学部的小马哥。

小马哥抱着比自己整个人都大的篮球，吃力地配合马田完成考试。

考完试后，两人坐在操场边，小马哥忧愁地问马田：“你这么大个人了，难道就没有一个朋友吗？”

马田看着小马哥：“有啊。”

小马哥："在哪儿？"

马田："你就是啊。"

小马哥："我这么小也可以和你做朋友吗？"

马田："哈哈哈哈哈……"

小马哥："我还以为只有小孩才这么孤单呢，原来大人也一样啊。"

马田："我不是大人，我是青少年……"

小马哥："都一样啦。"

马田："不一样。"

小马哥："一样。"

马田："……"

小马哥就这样成了马田目前在这座海岛上唯一的一个朋友。两人时常坐在操场的椰子树下看着大门发呆，有些时候，小马哥会带着自己一帮小学部的小兄弟来听马田讲那些胡编乱造的故事。这帮小朋友成了马田整个高一生活中唯一的慰藉。

高一学年结束，放假的前一天，马田在宿舍收拾行李，准备回家过暑假，小马哥一路小跑，气喘吁吁地站在马田面前，递给马田一张纸。

马田给气喘吁吁的小马哥递过去一瓶饮料，然后接过纸，一看，上面写着：第六届海岛大学马拉松邀请赛。

马田看了看那张宣传单，神情复杂。

小马哥“咕咚咕咚”地喝了一大口水，然后盯着他，严肃地说：“你去。”

马田看着他说：“要求满十六岁，我才十五岁呢。”

小马哥：“你看清楚，是明年呢。明年你十五岁加一岁，就十六岁了！”

马田一脸惊讶：“你居然这么聪明？但上面还说了，是组队马拉松，要五个人参赛，我就你一个朋友，哪来五个人？”

小马哥听完呆立在原地，一脸失望。马田于心不忍，摸了摸他的头说道：“哎呀，好啦好啦，我下个学期交四个年满十六岁的朋友，不就可以了吗？”

小马哥听完，兴奋地手舞足蹈，一时嘴快地说：“到时候你拿了冠军，我就可以向漂亮姐姐炫耀你是我的朋友了！”

马田听完，满脸狐疑地挑着眉，笑嘻嘻地问小马哥：“什么漂亮姐姐？”

小马哥忽然害羞起来，支支吾吾地说：“下次带你去看！”然后跑走了，人小鬼大的样子让马田忍不住摇头感叹现在的儿童竟然是这样的。

马田回家只带了一个塑料袋。当初送他来的墨镜大叔又来接他去机场。在路上，大叔依旧热情，关心地问着马田关于生活和学习的种种。

忽然马田想起他是妈妈的老同学，就好奇地问了句：“我妈小时候什么样子？”

大叔一听这个问题，立马兴致勃勃地回忆起来：“哎哟，你妈以前可厉害了，大姐大，我们都是跟着她混的，她很大方，那时候你妈家里好吃的东西多，经常拿出来分给我们吃，你外婆也厉害……”大叔的思绪如决堤一般，收都收不住。

马田则边听边想象着自己那个强势母亲年轻时的样子。

飞机升起，穿过云层，越过海峡。

7

叹气的少年

“身处年少时光，总有日后回想起来很难理解的苦闷，

但此时此刻的少年们，实实在在地感受着惆怅与烦恼。”

马田和傻强、大嘴、老狗聚在一起，把酒言欢，兴奋异常。

“转眼就是一年，等我们高中毕业，考完大学，你就可以回来了。”大嘴开心地说。

另外三人都开心地笑着，点头称是。

忽然傻强问：“但是，我们考得上大学吗？”

这个问题立马令大家陷入沉默，老狗醉醺醺地接道：“我还记得小时候，马田门门学科都是第一、第二的，那时候老师可喜欢他了，到了初中……”老狗打了个饱嗝继续道，“不知道为什么，就变成这样了。”

马田看着老狗，晃着杯子里的酒，没有说话，一片沉默中，大嘴忽然举起杯子：“来来来，别说这些有的没的，我们为重逢干一杯！”

几位少年一饮而尽。

那天晚上，马田在梦里看见自己在一条崎岖的山路上七拐八拐地跑着，旁边就是悬崖，突然下起了大雨，在湿滑泥泞的路上，他不断地摔倒，满身泥污。在梦里，马田坐在地上，伤心地大哭起来。忽然有一只手抓着他，摇醒了他。

马田在蒙眬中睁开眼，发现眼角还有一些湿润，擦了擦，定睛一看，是父亲坐在床头。

父亲担心地看着他，关心地询问他怎么了。

马田摇摇头说：“没事，只是眼睛太干。”

然后两人相对无言，马田觉得有点儿尴尬，背过身去，打算继续睡觉，但父亲又拍了拍他。马田转过头来：“妈又欺负你了？但说无妨。”

父亲摇摇头，支支吾吾地开口：“是这样的，爸爸的公司打算转让给别人。”

马田：“不是做得挺好的吗？为什么要转让？”

父亲咽了咽口水说：“因为，我们打算一家人搬回南方。”

马田听完，头脑一片空白，迅速坐起身来，有点儿无奈地看着父亲：“说实话，从小到大，跟着你们做生意到处跑，好不容易把一个地方混熟，交上一些好朋友，第二年又去一个完全陌生的地方。你知道我小时候是什么感觉吗？”

父亲没有说话。

“去年问都没问，决定把我一个人送到海南岛，那边没人理我，也没有朋友，我唯一的指望就是毕业以后回来，还可以在自己熟悉的地方，有很多好朋友陪着，但现在……”马田忽然打住，眼睛通红。

“本来想等你回去上学了，我们直接搬的，但我还是决定提前跟你说一声。”父亲毫无底气地说。

“又是妈妈……”

父亲打断马田：“不是的。其实很多事也不能怪你妈妈，她只是不擅长和你沟通。”

马田抓起枕头，用力地砸在地上，然后用脚奋力一踢，整个枕头飞出房间。他愤怒地站起身来，走了出去。父亲在后面拉住他，却被他下意识地一甩，父亲没站稳，一下踉跄，滑倒在地上。

马田一下子呆住了，不知所措地看向父亲，父亲坐在地上笑着摆了摆手，表示没事，然后站起来，拉了拉自己的衣服：“你的脾气啊，真的跟你妈一模一样，但你俩的内心其实又柔软得不行。”

父亲接着说：“你也看得出来吧，马田，爸爸老了，你长大了。你渐渐长大，以后想去哪儿，哪还需要爸妈给你安排？可是啊，爸爸越来越老，我们广东人讲究叶落归根，总是想回到家乡，这些年，也不只是你觉得漂泊，爸爸心里也一样空荡荡的。”说完静静地看着马田。

马田也看着父亲，他忽然发现，他这些年都没仔细地看过父亲，以至于对父亲的印象还停留在小时候他高大魁梧、年富力强的样子。

很明显，父亲确实老了许多，眼角生出皱纹，双鬓藏着白发，甚至都禁不住自己用力的一个甩手，并且重要的是，这次的父亲更像是在请求自己，而不是来告知某个决定。

马田有点儿不好意思地低下头，轻声地说了句：“对不起，爸爸。”

父亲开心地笑了笑，摸了摸马田的头。

马田：“想回家的话，就回吧。我毕竟是你的儿子。”

此时忽然听见一声轰鸣，马田才发现原来母亲一直在客厅。手忙脚乱的母亲立即关掉吸尘器，呆若木鸡地看着两人，两人也看着她，随后母亲立即蹲下来，假装收拾地毯。

马田尴尬地看了看父亲，父亲立马低下头，拿起马田踢飞的枕头，递给马田：“你昨天回来得晚，再去休息一会儿吧。”

马田呆滞地接过枕头，进了房间。

在暑假接近尾声的时候，夜里，马田和大嘴、傻强、老狗一起在长江边的堤坝上例行比赛谁尿得更远，傻强再次胜出，手舞足蹈地欢呼着。

老狗每次都是最后一名，无奈地坐在江边。

马田若有所思地问老狗："是不是因为你的比较短啊？"

"老子只是发育得早，但后劲不足……而已。"

"那就是短啊。" 大嘴在旁边接话。然后两个人开始追追打打，最后变成四个人追逐打闹。

四个人玩累了，气喘吁吁地躺在江边，马田看着天空，想起海南岛璀璨的夜空，咧开嘴笑了。

老狗看着他问："笑什么？"

"你不知道，在海南岛虽然无聊，但是那边的夜晚，满天繁星，非常漂亮，非常壮观。"马田比画着，努力形容着。

大嘴："是啊，话说，在这里真的没怎么见过星星。"

老狗："那其实海南岛还不错啊。我都没见过大海。"

傻强在旁边懒洋洋地怪叫着："面朝大海，插翅难飞。"说完自己给自己捧场笑了起来。

过了一会儿，马田说："我们就算很久不见面，还一样是好朋友吧？”

过了一会儿，三人同时“嗯”了一句。

又过了一会儿，老狗看了看马田，诚恳地说：“其实无论在哪里，你只要敞开心扉，就能交到好朋友，不要死装，不要让自己那么形单影只。”

这次只有马田自己“嗯”了一句。

马田有点儿伤感，因为他知道，自己马上就要搬离这座城市了，以后放假可能也回不来了。

他们静静地躺在长江边，一齐长长地叹了口气。

身处年少时光，总有日后回想起来很难理解的苦闷，但此时此刻的少年们，实实在在地感受着惆怅与烦恼。

疯犬少年的天空

8

三个锅盖头

“他在这里第一次，

不再形单影只。”

回到海南岛，高二开学的第一天，便是文理分班。

马田看着大家或者在依依惜别，或者庆幸彼此还在一个班，他忽然想起临走前老狗对他说的话，猛然站起来，大喊一句："朋友们，虽然这一年来，大家都不理我，但我也没理大家，所以互不亏欠，彼此珍重吧！"

全班鸦雀无声，全部看向马田。

马田站在原地有点儿局促不安，左顾右盼一下。他很尴尬，自己也发现刚刚说的这段话是无益于交朋友的。

于是他低头弯腰绑起了鞋带，整个班级又恢复喧闹。

马田高一学年期末考试，语文考了11分，数学考了10分，所以被推荐去了文科班。

他自己也没什么意见，所以就去了，分班以后还重新安排了宿舍。

在文科班高二（2）班的教室，在一堆陌生的面孔中，马田惊奇地发现高一军训时陪自己罚站的三个锅盖头也在，他们三人坐在后排的另一个角落里。

班主任首先对各个重新安排的宿舍点名，被叫到名字的同学都要站起来，和自己的新舍友互相认识一下。

8 三个锅盖头

女生宿舍安排完毕，到了男生宿舍，马田被第一个叫到名字，站了起来。

然后老师喊了一声："陈文杰。"

只见另一边的角落里站起来一个黑壮少年，正是三个锅盖头里像老大的那个。

紧接着是："王嘉力。"

另一个细皮嫩肉、嬉皮笑脸的锅盖头站了起来。

最后是："徐怀泽。"

三个锅盖头里总是傻笑的那个站了起来。

马田与这三人面面相觑，觉得是莫名的缘分，互相点了点头，又坐下来。整个上午，马田都忍不住看向那三个锅盖头，那三个锅盖头也时不时地看向他。

马田有点儿害羞，但又有点儿兴奋，心里揣测：也许这次能交到朋友，一改去年的境遇吧？

新朋友认识得都很快，中午放学时，大家已经开始三三两两地走回宿舍了，而马田一如既往地一个人走着。三个锅盖头似乎没有谁要等马田，或者叫上马田一起的意思。勾肩搭背的三人往宿舍楼走去。

回到宿舍，三个锅盖头正在换衣服，马田换好鞋子和衣服，打算和三位新舍友一起去吃饭，犹豫着要不要先开口时，看到三个锅盖头又已经有说有笑地走出门去了，一丝失落在马田的心里闪过。

马田拿出餐具，擦了擦，独自走出宿舍，下楼，楼梯上全是成群结队往下走的少年，衬托着他的孤单。

马田面无表情地走到宿舍楼门口，猛然发现三个锅盖头正站在那儿，手中各自拿着勺子，似乎在等什么。马田看着三人，三人也同时看向他，四人表情冷漠地在原地愣了一会儿。

领头儿的阿杰忽然僵硬地抬了抬手，把勺子放进自己的裤兜里，然后对着马田，冲着食堂的方向扬了扬脑袋。

过了一会儿，马田挠了挠后脑勺，略微点了点头。

四人忽然一齐笑起来。

马田走过去，四人并成一排，走向食堂，他在这里第一次，不再形单影只。

9

少年与日出

“上一次像今天这样放肆，

已经是一年多前了。”

周五夜里，马田发现三个锅盖头都没有回来，看了看时间，发现已经十二点了，宿舍楼的大门已经上锁。马田好奇他们去了哪儿之余，也在担心他们进不来这件事。

又过了半个小时，依然没有任何动静和有人要回来的迹象，马田决定不管了，倒头睡去。

没过多久，宿舍靠校外马路的那一侧有摩托车轻轻开过的声音，紧接着，马田就听到玻璃窗户有响声，一声又一声，没完没了，马田坐起身来，心想是谁这么无聊，跳下床，打开窗户的瞬间，迎面飞来一颗小石子，他灵活地躲开，正准备破口大骂，却看见楼下有两辆摩托车，亮着车灯，车上的身影很眼熟，马田眯着眼仔细辨认。

忽然楼下传来故意压着嗓子的声音："马田，是我们！"是阿力，他还对马田招了招手。

马田惊讶地看着他们，也压着喉咙问："你们不回来了吗？"

阿力继续压着嗓子回答道："别废话，快下来吧，待会儿宿管员发现就完蛋了。"

马田："这是六楼，我怎么下来？"

阿力："掀开你面前窗台上的那块木板。"

马田照做，打开一看，发现被铁栅栏包裹着的窗台在木板的遮盖下，藏着一个方方正正的大缺口。马田惊叹之余，心里慌了。

马田："我从这个洞里跳下来？"

阿力依然压着嗓子低声说道："不是，看到穿过这个洞的白色的大水管了吗？顺着它爬下来就行。"

马田看了看，一根白色的粗大水管贴着墙从一楼贯穿至顶楼，正好穿过这个大洞。马田从来没玩过这么刺激的道具，很害怕，但想了想当年初中，夜里避开亮着灯的保安室，把学校大门卸掉的时候，和这个也差不了多少。于是他二话没说，站上窗台，抓着水管，慢慢从大洞里钻了出去。

楼下三人立即把车灯都转到马田的方向，然后跑到水管下面等着马田。

阿杰："别看我们，你专心爬水管。"

阿泽："注意安全！"

马田顺着水管，小心翼翼地一点点往下爬，爬到一半，抬头往远处看去，看见高中外面，大学校园里有一棵棵漆黑的树和一排排静默无言的路灯，伴着虫鸣，晚风微微吹拂而过，每爬过一层宿舍楼，就能听到宿舍里讨论的截然不同的话题。

“隔壁班有个女生很漂亮，那天看着我……”

“今天赌球又输了，早知道不相信曼联了……”

“你说陈老师是不是傻？这都要扣我分……”

不一会儿，马田感到天空越来越远，地面越来越近，突然屁股被人托着，下面三人把他扶了下来。

马田颇有成就感地从下往上看了看这栋楼，还没来得及回味，就被阿杰叫上车。阿力和阿泽则发动另一辆车。

两辆摩托车开着车灯迅速启动，穿行在夜色里，迎面而来的风吹散九月海岛的闷热，他们不一会儿就出了大学校园，穿过马田第一次进来时的那个大学校门，他第一次发现原来这个门口这么热闹。

无数的粥店、粉摊从他两侧被甩到身后，穿着花花绿绿衬衫的大叔坐在烧烤摊前跷着二郎腿抽烟，年轻人喝着啤酒，嬉笑地划着拳，许多写着“清补凉”的小摊周围放满了小桌子和小凳子，每个人都悠闲地坐着，面前放着一个小碗。

马田好奇地看着这一切。

在前面开车的阿杰也许从后视镜里看出了马田的好奇，边开车边说：“清补凉，算是我们这里的特产吧，把新鲜椰子肉和椰子水放在一起榨汁，变成椰奶，然后往里面放很多东西，像绿豆、红豆、小汤圆、西瓜粒、菠萝粒、龟苓膏之类的，好喝又好吃。”

阿力在旁边接着说道：“后面那些蟹粥、虾粥也很好吃！”

马田来到海口这么久，其实从来没逛过这座城市，不一会儿，他们四人穿过大桥，穿过一条一条或热闹或安静的马路。在这朴实的生活气息里，马田忽然心中一暖，仔细看着每个经过的地方。

过了一会儿，马田才忽然想起重点，问了一句：“我们去哪儿？”

阿杰笑着说：“待会儿你就知道了。”说完加大马力，阿力也紧随其后，两人一会儿前，一会儿后，一会儿大声喊叫，路边人越来越少，马路也越来越宽。人烟罕至处，马田也忍不住学着他们那样大叫几声，引得他们三人哈哈大笑。

渐渐地，车速越来越慢，风却越来越大，视野也越来越开阔，向右边望去，正是一片茫茫大海。车停下来，阿杰和阿力驻足撑着车子，阿泽早已跳下车往远处走去。

阿杰："大海，见过吗？"

马田对大海的记忆早已模糊，也许很小的时候见过，也许从来没见过。

马田看着面前茫茫一片，听着夜里的海浪拂卷涌动的声音，才蓦然想起，自己一直身在一座海岛。

阿力率先锁好车，大喊一声："阿泽等等我！"然后往远处跑去。

阿杰也二话不说追了过去，马田感到一阵欢欣，边脱鞋边追赶着他们，一脚踩进柔软的沙滩中，和他们一齐全力奔向大海，在星空下追逐打闹，踏进水里放肆地叫喊，水花扬起在海风中，带走了马田的压抑和落寞。

忽然阿杰大喊一声："欸，你们知道吗，他肯定没尝过海水！"

阿力："真的假的？"

然后阿力和阿泽各自抓住马田的一只手，强壮的阿杰则一手抓起马田的一只脚，三个人瞬间把马田抬起来，马田用力地挣扎着，已经知道要发生什么事了，求饶道："别啊，我衣服还没脱呢！"

话音刚落，他被扔进了海里。正好一个小浪打过来把马田淹没在海水里，嘴里一股咸味。

然后四个人开始了互相湿身的模式。

不知过了多久，筋疲力尽的四个人坐在沙滩上，面对大海，听着浪花拍啊拍。风吹拂在四个少年的脸上，四个人宛如四尊海边的雕像。

马田看见远处隐隐约约有一道长长的金色细线，蜿蜒曲折，镶嵌在远处。他好奇地问："那是海岸线吗？"

三人点点头。

阿杰说："对面就是大陆，你来的地方。"

马田看着那条海岸线，沉默不语。

阿杰看了看他，问："想家了吧？"

马田："还好吧。"

阿杰："你没看过大海，而我，从来没出过岛，每次在这里看对面，就觉得很新鲜。"

阿力："大陆有什么好的，人都很狡猾、很复杂。"

阿杰："你怎么知道，你去过？"

阿力："我们家里人不都这么说吗？"

阿杰不屑地"切"了一声。

马田听完，好奇地问："看来，你们都没出过岛？"

三人用力点了点头。

马田："你们都十六岁了吧？"

三人又点点头，然后沉默。

忽然马田大笑起来："哈哈哈哈，你们三个十六年都没出过岛吗？你们是土著民吗？哈哈哈！"

三人看着满地打滚的马田，对视一下，抓起沙子砸向马田，马田在前面跑，他们在后面追。

夜渐渐深沉，三个锅盖头少年相继在沙滩上沉沉睡去，只剩马田一人醒着。马田看了看两边，试探地问了句："睡着了？"

一片沉默。

马田："这样露着天，直接躺在沙滩上也能睡着？"

只有海浪回声搭理了他。

马田看着他们，也感到了疲惫。马田记得上一次像今天这样筋疲力尽，已经是一年多前初中毕业，他带头撕书，弄得漫天大雪的那天了。

同是那天，他感到青春很痛。如今再想起来，他自己也忍不住笑了起来。

一夜过去，世界微亮，风卷残云，天空如被擦拭过，和海一样干净。

马田忽然被人摇醒，在沙滩上，微微睁开眼，远处有一条线，是海天相接的地方，线上一抹鱼肚白，随后日出东方，渐渐天空如火烧一般。

阿泽看着马田笑着说："这叫日出。"

马田坐起身来，看着另外早已醒来的三人。

阿杰转过头来问他："见多识广的大陆人，你在海边看过日出吗？"

马田开心地笑着摇摇头："我以前和朋友们，从来没想过做这些事。"

阿杰："那你们做什么？"

马田忽然尴尬了，没有说话。

阿力边微笑着眯眼注视着远处边说：“我跟你讲，别说你觉得新鲜，就是我们当地的女孩子，我每次带她们来，她们也是被迷得不行，然后会觉得我很浪漫。”说完他脸上浮现出回味的神情。

马田拿出手机，放起一首悠扬的歌曲，声音缓缓被打碎在风中。

阿泽：“什么歌？”

马田：“鲍勃·迪伦，*Blowing in the Wind*。”

在这个浪漫的氛围里，马田忍不住和他们凑在一起，抓住其余三人的手，三人同时紧张地抖了一抖，惊慌地看向马田，马田却自顾自陶醉地看向天空。然后他们也释怀了，四人躺成一排，一起静静地听着歌，看向天空，看那里如何缓缓爬出一轮太阳。

10

参加比赛？

“长大真是太辛苦了！

还要去参加长跑比赛？”

四人玩够了，在海边洗完脸，又一起去吃了一种叫作“抱罗粉”的东西，然后在白天回到海岛大学，阿力带头去偷摘大学里职工住宅门前种的木瓜、波罗蜜等水果。

马田没见过波罗蜜，一坨硕大的东西，长在树上，有点儿像榴梿，但外壳又没有刺。他看着阿力熟练地拿石头敲开，掰开，里面有一包一包黄黄的果肉。阿力在手上戴上一个塑料袋，把波罗蜜里面的黏液去掉，取出果肉，递给马田。这是马田从来没吃过的东西。马田竖起大拇指，用力点了点头。

四人在海大里游荡、玩耍，时不时看见美丽的大学生姐姐，便一齐驻足路边仔细观望。忽然发现大学的食堂门口围观了很多人，四人好奇地挤进去。刚刚挤进去，就有一个大姐姐热情地把一张宣传单塞进马田手里。马田低头一看，猛然想起小马哥在放假前给过他同一张宣传单：第六届海岛大学马拉松邀请赛。他才想起，开学以来，还没见过小马哥。

另外三人也拿到了相同的宣传单，阿力毫无兴趣，硬生生地拉住给他发传单的大学生，把宣传单塞回他手里，然后问：“师兄，我是大一新生，请问你知道那边那个姐姐的电话号码吗？”

大学男生看了看阿力，淡淡地说了一句：“你是南门那边那个高中的吧？”然后冷漠地走了。

阿力悻悻地看了该大学生一眼，然后转头跟其余三人说：“别看这破传单了，你们看那边那个女大学生，穿着露脐运动衫和短裤的那个，好漂亮……”

三人抬头看过去，马田一下子愣住了。

马田清楚地记得，那个孤独的中秋节夜晚，正是她站在洁白的月光下，给了自己一块月饼。白天再次看见她，她的五官更加清晰，站在人群中，显得出类拔萃，美丽动人。

那个漂亮姐姐也看向这边四个奇怪的少年，马田希望她能认出自己，但她无意识地又看向别处，继续和别人说着这个比赛报名的事项。

马田有点儿失落。

此时阿杰不耐烦地拉着伙伴，说道：“走了走了。你们这些人在人家眼里还是个孩子。”

马田被拉出人群，过了一会儿，阿杰又对马田说：“你怎么跟阿力一个德行，还在海边拉我们的手呢，现在又假装自己喜欢女人……”

马田低头看了看宣传单，陷入沉思。

另外三人叽叽喳喳地说着话。

阿力烦闷地跟阿杰顶嘴："阿泽心智未开化我是知道的，怎么你每天也一副不近女色的样子，你该不是要出家吧？"

阿杰："我有喜欢的人。"

阿力："那个在大陆，从来没见过面，只写信的笔友吗？哈哈哈，你能不能不这么原始……"

阿泽傻笑着看着正在追打阿力的阿杰，看他们跑向远处。

四人回到学校时，已经是周六下午了，刚刚疲惫地走进宿舍，躺下，洪大国推门进来，用力地敲了敲宿舍门，低沉地说了句："613的，全给老子滚出来。"

四人知道私自出校已经被发现，全部下床，穿上鞋子，站到楼道里。

洪大国生气地看向四人，又特意看了看马田："你们出去请假了吗？开条了吗？"

四人同时摇摇头。

"去干吗了？"

"我们一起去看日出啊。"阿泽回道。

洪大国听完一愣，看着四个人，只见阿杰和阿力都有点儿不好意思地看向别处。

洪大国：“四个大男人，去看日出？”

阿泽：“对啊，还听了爱情歌曲。”

马田赶紧接道：“不是爱情歌曲……”

洪大国立马打断他：“你们在这里站到八点才能进寝室，明天去操场跑圈儿，十圈。”

四人都没有说话，开始接受罚站。

过了一会儿，洪大国看了看马田，马田也看了看他。洪大国小声地说了一句：“交到朋友了啊？”说完有一丝若有若无的笑意一闪而过。

马田听完不好意思地摇头晃脑地笑了笑。

洪大国又立马严肃地训斥了他一句：“站好！”

马田马上停止晃动，挺直腰板，洪大国慢悠悠地转身回了自己的房间。

周日早晨，四人早早去操场跑圈儿。阿泽一直被甩在最后，然后是阿力，马田和阿杰并头跑在前面。几圈过后，马田看了看身后气喘吁吁的阿力和脸色苍白的阿泽，又看了看一直和自己跑在一起的阿杰，有点儿诧异阿杰的体力。

六圈过后，阿力已经气喘吁吁地扶着操场上的椰子树一动不动了，阿泽虽然看起来也很疲惫，但依然缓慢而机械地跑着。

忽然不远处出现一个小身影，马田顿时喜上眉梢，冲着小身影挥着手：“哟，小马哥！”

其余三人都看向马田和那个小身影，小马哥一脸生气地走到跑道边：“开学你都没来找我玩，活该你又被罚跑圈儿！”

马田笑嘻嘻地说：“没有啊，不是刚刚开学嘛，正想找你呢，我还从家里给你带了好吃的！”

小马哥这才开心地笑了，然后边跑在马田身边，边招手要跟马田说悄悄话。马田凑过去，故意放慢速度，阿杰看了看他们，面无表情地继续往前面跑走了。

小马哥：“待会儿漂亮姐姐要过来呢！”

马田：“哪个漂亮姐姐啊？”

小马哥：“上次放假前跟你说的那个，漂亮姐姐每个周末都要来这里兼职给我们上兴趣班！”

马田：“小学生周末还要上兴趣班啊？”

小马哥：“自愿的啊，但是我们都爱上漂亮姐姐的课。”忽然小马哥用力指了指校门口。

马田顺着小马哥指的方向看去，一个穿白色衣服、黑色裙子的女孩子走了进来。马田一惊，这不就是送月饼的女神，昨天看到的那个漂亮姐姐吗？马田觉得这个世界很小。

马田赶紧看了看阿力，发现阿力正迅速拨着自己凌乱的头发，同时昂首挺胸，一改疲态，跑到马田身边……

阿杰已经甩马田和小马哥一圈了，现在又跑到他们身边，而刚刚马田放慢速度的时候，已经和阿泽并到一起了，四人又重新一起跑着。马田时不时地看一看那个送月饼的女神，阿力则一直微微侧脸保持一个角度用余光盯着她。

小马哥高兴地对着刚刚走进来的漂亮姐姐大喊：“黄老师姐姐！”

女生微笑着迎着小马哥的方向穿过操场走来，然后又看了看他身边正在跑步的四个少年，特意看了眼马田。马田有点儿害羞，眼睛看向别处。

被称为“黄老师姐姐”的女孩好奇地问了一句：“咦，小马，你怎么在跑步？”

小马哥答道："我陪他们。"

"他们是不乖被罚跑步咯？"漂亮姐姐兼月饼女神的黄老师调皮地笑着问道。

四人沉默不语，马田陷入尴尬，阿力则开始想怎么回答才能显得很厉害来扭转局面。

他们都没想到，小马哥很自然很清脆地回了一句："没有啊，他们是长跑运动员。"

阿力先是一惊，然后满意地点了点头，冲着漂亮姐姐礼貌地摆了摆手："正训练呢！"马田也连忙笑着点点头，阿泽惊讶得张开嘴，呆滞地看向他俩。

漂亮姐姐听完马上开心地说："欸，那你们为什么不一起参加我们的接力马拉松比赛呢？"

阿杰听到这句话，终于憋不住笑了，加速往前跑开了。

阿泽更加迷茫地看向马田和阿力。阿力低头擦着汗，假装没听见，心里开始慌了。

马田在与漂亮姐姐四目相对的瞬间，看到了月饼女神一双灼热的眼，看到了一种期待！

马田下意识地点了点头，淡定地说："嗯，是吗？"

漂亮姐姐扑闪着大眼睛，用力地点点头，接着说：“是啊，而且优胜的队伍还能去大陆参赛呢，上海啊，重庆啊，武汉啊……”

“重庆”两个字，如同一道闪电穿过马田的大脑，所有思绪顿时泛起。

他突然大声地补了一句：“好啊，我们组队参加啊！”

这句清脆响亮的话语回荡在操场上，久久不能退散。阿杰、阿力瞬间停下来，看向马田，阿泽吓得一下子摔倒在跑道上。

风在吹。

小马哥心满意足地点了点头。

马田冷静地扶起阿泽，冲着漂亮姐姐尴尬地笑了笑。漂亮姐姐也马上凑过来扶着阿泽。阿泽迷醉地看向马田，基本是奄奄一息地张嘴说道：“朋友……你……”

四人在操场上填完报名表，坐在椰子树下，看着小马哥开开心心、蹦蹦跳跳地拉着漂亮姐姐往小学部走去。大家一脸死灰，甚至还没明白刚刚到底发生了什么。

马田，今年十六岁了，他又感到青春里有一丝不同的感觉，于是转头问三人："你们感觉到什么没？"

三人摇摇头，他们的锅盖头整齐地摆了摆。

"是一种气息。"马田说道。

"什么气息？"阿力紧张地问。

马田皱着眉头："青春的气息。"

四人陷入尴尬的沉默，忽然阿泽"哇"的一声哭了，大家紧张地看向他。阿杰扶着他的肩膀着急地问："怎么了？"

阿泽抽泣着说道："长大太辛苦了！还要去参加长跑比赛！"

阿杰忍不住笑了，拍着阿泽的肩膀；阿力低头叹气，摇了摇头；马田则挠着脑袋不知道如何是好。

此时树上一颗椰子砸了下来，把大家吓了一跳。

11

IN THE WIND

“鹰的什么？

最后一个字，怎么读？”

613宿舍氛围奇怪，仿佛大家都充满了压力。

阿力打破沉默："哎呀，名都报了！管他呢！跑吧！随便跑跑、走走就完了。"

阿杰躺在床上抖着脚："最后一名？我丢不起这种人啊，要跑就不能太丢脸。"

他又淡淡地接了句："唉，好色的代价啊，阿力。"接着忍不住笑了。

阿力被顶得不知道回什么好，尴尬得说不出话。

马田点点头，然后看着那张宣传单背面说道："马拉松接力赛跑也称公路接力赛跑，是接力赛跑项目之一，在公路上进行。比赛距离为42.195公里（同马拉松赛跑距离一样），全程分设六段，各段距离分别为5公里、10公里、5公里、10公里、5公里、7.195公里。由六名运动员组成一队。段与段之间画有一道宽5厘米的白色分界线。分界线的前后10米处各画一道宽5厘米的白线为接力区（共20米），向后丈量50米为准备区，准备区的一端画有一道宽5厘米的黄色准备线。"

阿力挠了挠头："什么意思？没听懂啊。"

阿杰补充道："就是说，全程42.195公里，六个人接力跑，第一个5公里，第二个10公里，第三个5公里，第四个10公里，第五个又是5公里，第六个是最后一段，负责7.195公里。”

阿泽紧张地问了句：“平常我们体育课考试差点累死的长跑，是多少公里？”

阿杰：“1.5公里。”

“1.5公里都那么难，而这个……” 阿泽白眼一翻，差点又晕过去。

阿力悲痛欲绝地摇了摇头。

马田忽然说：“但它上面写了，我们这个不同。说是方便有更多参赛队伍加入，要求降低了，五个人组队就行，只跑前五段，最后一段7.195公里取消，所以一个队伍是五个人，全程35公里。”

阿力又问道：“那赢了有什么？”

阿杰缓缓开口道：“每个地区前三的队伍可以去大陆参加各个城市优胜队的决赛，食宿全包，并且地区优胜和最终优胜分别有奖金。”

阿力听完立马一拍大腿，冲着阿杰喊道：“怪不得！从头到尾你都是一副无所谓的样子，原来是想去大陆找你的笔友！”

阿杰立马把一个枕头丢向阿力："堵不住你的嘴！"

马田看着两人打打闹闹，又看向迟疑的阿泽。

阿泽看着马田，无奈地舒了一口气，站起来，突然正经地说："我觉得，我们三个从小就是好朋友，虽然认识马田不久，但他也是我们中的一员了。我们就一起做一件事吧，以后长大了，分开了，想起来也会很开心的吧？"

说完对大家笑了笑。

其余三人面面相觑，马田用力点了点头，过了一会儿，阿杰也点了点头，一齐看向阿力。

阿力一脸绝望地点了点头。

阿泽："但是吧。"大家又同时看向阿泽。

阿泽："你们没有发现一个问题哦。"

三人同时问："什么问题？"

阿泽："参赛队伍要五个人啊，我们一共四个人。"

其余三人听完，纷纷一拍大腿坐了起来，恍然大悟，但又不知道应该说什么、干什么，随后陷入沉思。

过了一会儿，阿杰开口信誓旦旦地说："别怕！我在这儿混了这么多年，谁都要给我三分面子，还怕抓不到人？"说完看了看自己紧握的拳头。

大家一脸崇拜地点了点头。

星期一，阿杰、阿力和阿泽三人分头行动，分别去了高中部各个班级，阿杰负责高三，阿力负责高一，阿泽则负责高二，他们的目标是找一个年满十六岁、体力好、爱长跑的少年，方式是去各个班级门口大声通知。

马田负责远远看着他们。

第一步行动结束，四人都在等着说好的周五下午四点来操场面试的人。

一个星期匆匆而过，周五下午四点。

四人在跟各个班级约定好的操场某棵椰子树下等着人来。时间一分一秒地过去，一个人都没有来。

阿泽开始玩树下的蚂蚁，阿力在咬一根不知道从哪儿弄来的树枝，马田和阿杰望着教学楼发呆，小马哥在地上躺着，也不管干净不干净。

快接近五点时，阿力憋不住了，吵吵嚷嚷着要去吃饭，被阿杰制止，要求再等等。

此时，远处有一个人躲在楼梯口，偷偷瞄着他们几个人，看见阿杰抬头看向他，紧张地马上想转身逃走。

阿杰注意到他，马上站起来，大喊一声："陈壮成！站住！"

那个人立马停在楼梯口，转过身来，一脸无奈地看向他们四人。

阿杰又大声喊道："过来！"

马田皱着眉头，觉得这个名字很耳熟，似乎在哪里听过。

阿杰等那人走到面前，生气地说："陈壮成！你愿意为了女人跟别人赛跑，你就不愿意跟着我们像男人一样去比个赛吗？"

马田恍然大悟，想起开学那天，陈壮成被一个少年用喇叭喊着名字要求赛跑。

陈壮成无奈地看着阿杰："我真的不行，我腿受伤了。"

阿杰冷笑一声："你刚刚走过来的时候不是好好的吗？"

谁能想到陈壮成也是个有脾气的人呢，对着椰子树一脚扫过去，吓得除了阿杰以外，其余三人都跳了起来。一声闷响，陈壮成立马捂着腿满地打滚。

阿力钦佩地点了点头。

马田忍不住笑出了声。

阿杰气不打一处来："我把你另一条腿也打废好了！"

陈壮成立马制止阿杰："莫慌！我虽然不行，但我是学校田径队的队长，我有很多队友啊！我可以叫他们过来让你们慢慢挑！"

不一会儿，来了八个精壮的海岛少年。

陈壮成得意地说："来吧，你们八选一！"

在阿杰的要求下，八个田径队员上了跑道，认真地做着伸展运动，活动筋骨，四人认真地看着他们，期待能找到合适的人。

天空中有一只鸟飞过，一坨鸟屎落在地上，阿杰大喊一声："跑！"

八个人瞬间撒开腿往各个方向作鸟兽散般跑走，几秒过后就全部不见踪影了，只留下马田、阿杰、阿力、阿泽和陈壮成，他们在夕阳下惊呆了。

陈壮成立马转头真诚地看向阿杰，信誓旦旦地说："杰哥，别着急，我马上追他们回来，等我消息！"说完头也不回，一瘸一拐地往另一个方向拼命地忽跑忽走而去。

马田拍了拍阿杰的肩膀："算了，硬抓来的，也不会全心全意和我们一起训练和比赛，何必呢？反正这个学期刚刚开始，学期末才比赛呢。我们还有时间。”

大家听完，无奈又失落地点点头。

马田叫醒脚下已经在地板上躺着睡着了的小马哥，几个人往食堂走去，却听到后面有个人一直在朝着他们喊“喂”。

五人转头看过去。

一个戴着眼镜、身形瘦小的人吃力地向他们跑来，跑到他们面前时气喘不已。五人奇怪地看着他。

“听说你们要参加马拉松比赛？”四眼少年问他们。

阿力挑着眉头，叉着腰问他：“难道你想加入？”

四眼少年点了点头。

阿力指了指远处和脚下：“就这点儿距离你已经气喘吁吁的了，你还要跑马拉松？而且你是初中部的吧，你满十六岁了？”

四眼少年点点头：“我叫刘喜，别人都叫我‘小不点’！”

阿杰笑着说：“嗯，看得出来。”

小马哥好像想起了什么：“哦！就是你，初中部的小不点！我爸爸说了，你就是学校小卖部最大的竞争对手，每天做生意卖东西，物美价廉，搞得去小卖部的人越来越少了！”

小不点摆了摆手：“这个不重要！我决定做你们的教练！陪你们一起参赛！”

几个人开心地笑了。阿力很莫名其妙地问道：“你决定？你凭什么……”

小不点忽然说道：“马拉松跑步技巧一：不要低头，要抬头，双眼注视前方，这样不会对颈椎造成伤害。马拉松跑步技巧二：跑上坡路时，减小步伐，这样会更轻松。马拉松跑步技巧三：双脚落地要轻快，下脚过重会增加骨骼负担，脚落地的时候，膝关节应该略微弯曲。马拉松跑步技巧四：后背应该保持挺直放松。身体前倾是因为身体稳定力量差，此时要尽量挺直，以使肌肉得到锻炼。马拉松跑步技巧五：髋部和腰部不要左右扭动太大幅度，这会增加受伤概率。马拉松跑步技巧六：胳膊弯曲大约90度，跑步时应该甩开膀子，让手臂尽量摆开。马拉松跑步技巧七：跑步时，双手自然放松，拳头不要握得太紧，也可以伸开双手，掌心向内。马拉松跑步技巧八：保持双肩放松，否则就会弯腰驼背，更容易疲劳，脖子也更易僵直……”

整段话小不点一气呵成毫无停顿，所有人都张着嘴惊呆了。

“还要我继续说吗？下面还有跑马拉松的常见错误……”小不点得意地张嘴想继续说。

马田立马打断他：“我记得你，我第一次被罚跑圈儿的时候，你就在旁边给围观群众卖瓜子。”

小不点骄傲地点点头，然后说：“你跑步很有天分，但是你们如果参加比赛，远远不够，不想输得太难看的话，你们是需要系统的专业的训练的！而且你们都是学生，需要赞助吧？我做生意那么久，有点儿钱，可以给你们买专业的运动装备。”

四人听完觉得怪怪的，但又觉得很有道理。

小不点趁热打铁接着说：“况且，我知道你们还少个人，我知道去哪里找这个人！”

四人同时点点头：“那，就认定你了，教练！”

小不点满意地点点头：“嗯！同时我还是你们队伍的经纪人！”

四人面面相觑，又点了点头。

晚上，小不点从初中部的宿舍跑到613宿舍，马田和三个锅盖头搬来椅子，坐在他面前，他推了推眼镜说：“我们队伍，首先要有个响亮的名字。”

阿力：“五虎！《三国演义》里五虎上将多厉害啊！”

小不点直截了当地说：“土！”

马田：“以前在重庆，跟我混的人一片一片的，我们组织是有名字的，青春无悔帮！”

小不点直截了当地说：“太傻！”

阿杰举起手来说：“那，我们可能是唯一一支未成年人参赛的队伍，叫我的男性伙伴未成年。”

小不点直截了当地说：“太基！”

大家都忍不住笑出了声。

大家看向阿泽，阿泽迟疑地张嘴说道：“IN THE WIND？”

大家陷入沉思，小不点也皱着眉头。

阿力一脸茫然地问：“鹰的什么？最后那个字怎么读？”

小不点冷漠地说：“是英文，意思是：在风中。这个名字不错，像鲍勃·迪伦的那首*Blowing in the Wind*！”

阿力：“是什么歌？”

阿泽拍了拍阿力：“看日出那天，马田放的那首歌。”

阿力恍然大悟，第一个拍手赞成，随后全票通过。马拉松接力赛队伍IN THE WIND就这样正式定下了名字。

阿杰又举起手来问："那么教练，我们的第五名队员呢？"

小不点卖了个关子，神秘地说："明天放学，你们在椰子树下等我。"

四人都期待地答应下来。

在队伍定下名字的第二天，四人放学后在树下看到早早等待在此的教练小不点。

小不点对他们招了招手，带他们往学校外面走。

阿泽迟疑地问："这是往校外走了，我们出得去吗？"

小不点头也不回地说："不是有我吗？"

四人惊奇地跟着小不点走到门口，只见小不点上去跟门卫保安大叔简单地交涉两句，然后从口袋里摸出一包烟，笑嘻嘻地递给保安大叔。保安大叔转过头来，冷冷地对着等在校门处的四个人说："走吧，按时回来，别让我难办。"

四人呆愣在原地。

小不点习以为常，淡定地走出校门。

四个人震惊不已，面面相觑，觉得彼此都是这么大的男孩子，却被一个小孩子像家长带孩子一样带出了校门。

小不点转过头来看着还在惊奇不已的四人：“能不能有一副见过世面的样子？”

四人都低下头，感到深深的羞愧。他们跟着小不点到校外海大礼堂门口的一个广场，小不点带他们坐在广场的台阶上。

四个人感到不解。马田问他：“然后呢？”

小不点一副运筹帷幄的样子：“等到五点四十五分，还有三分钟，你们盯紧那个路口。” 小不点指了指广场右侧的一条校内道路说。

于是四人睁大双眼，紧紧地盯着那个路口，眼泪都要流出来了。

小不点看着他们，觉得有点儿尴尬，缓和了下气氛：“也不用盯得那么紧。”

四人幡然醒悟，稍稍放松一些。

不一会儿，果然一个狂浪、强壮、身穿土灰色衣服的青年人从那个路口狂奔而出，速度极快，就算离得远，也能看到他一脸痛苦的表情，双手抓着头发，瞬间跑到了广场上，然后不停歇地绕着广场跑了起来，一圈又一圈。

四个人呆呆地看着他，一脸不明所以。

小不点转过来拍拍他们的肩膀，接着得意地说：“看到没，这至少有十圈了，一圈少说也有200米，停都没停过，速度又快！”

阿力打了一个大大的哈欠：“他在干吗呢？他是谁啊？他不会疯了吧？！”

小不点推了推眼镜，声音忽然变得悠远，娓娓道来：“他，是一个传说。”

阿杰接了一句：“怎么说？”

“他是我们初中部的，我们都叫他大华哥。大华哥曾经被校外‘飞车党’混混儿抢劫，他硬生生追了那辆摩托车一条街，哪怕摩托车马力扭到最大，也根本甩不开他，最终吓得飞车党的混混儿只能把他的东西扔回给他。他低头捡起自己被抢的东西，放入口袋，按一般人来说，这就已经可以了，但他不行，他休整一下，又重新加速，继续追着抢劫犯的车，直到他们都慌了，怕摔倒，只能停下来。他一个人擒住两人，交给了警察叔叔。”

四人听完，看了看那个大华哥，他仍然抓着头发在痛苦地狂奔。

小不点接着说："这件事之后，很多人都去拜他当大哥，我们本以为他将是称霸我校初中部的人物，但谁也没想到，他一个小弟都不愿意收，更没想到的是，他简直是我校的一股清流，因为他……只爱学习……"

阿泽听完缓缓拍起了手掌："这位哥，厉害了……"其余人也跟着点点头。

小不点的语速和语气突然回到正常状态："但是呢，他成绩很差，全年级倒数吧，也不知道为什么，所以他每次作业写不出来、不会做的时候，就会来这里，通过狂奔来释放自己心中的痛苦。"

"他虽然看起来发育得很成熟，但毕竟跟你一样，是初中部的，也没到十六岁，怎么参赛呢？"马田问。

小不点沉默了一会儿，说："咦？这个我倒没想到。"

四个人气馁地站起来准备走，小不点又突然说："慢着！你们看看他，看看他！"

四个人看了看大华哥，一副"然后呢"的样子，又看向小不点。

小不点："说他没有十六岁，你们信吗？"

大家都摇了摇头。

“那评委还会质疑吗？随便一个理由就能搪塞过去。”

阿杰：“那怎么让他加入？”

小不点：“我教他做作业，帮助他学习就好啦！这么简单！”

大家看了看远处依然在奔跑的大华哥，都一副将信将疑的样子。

初中部的宿舍楼道里，光线昏暗。一个壮汉正抓耳挠腮，一副揪心的样子，用力捶着墙壁。

忽然他身后响起一个声音：“依题意得：负1的平方加b减1乘以负1加c等于负2b。”

大华哥呆呆地转过头去，看见了小不点。小不点用眼神扫了扫他的作业本，说：“然后得出b加c等于负2。”

大华哥点了点头。

小不点继续说：“那么b等于3，c等于负5时，列个方程，抛物线的顶点坐标是负1和负6。”

大华哥低头看了看作业本，又抬头看了看小不点，满脸震惊地用力点着头。

小不点得意地笑了笑，问他：“以后我教你学习怎么样？”

大华哥听完，面如桃花地冲上来用力地抱了抱小不点，大声吼道：“是真的吗？！刘喜同学！”

小不点差点一口气没喘上来，咳嗽一声，上气不接下气地说：“对对对！你先放开我！”

小不点缓过来以后，掏出一页纸，上面工工整整地写满东西：“这是我给你制订的学习计划。”

大华哥一脸感动，深情地看向小不点，然后默默地问了句：“那我要怎么报答你？”

小不点胸有成竹地说：“写在学习计划最后了，你自己看看！”接着他充满期待地看向大华哥，大华哥连忙看了看。

他抬头疑惑地看向小不点：“马拉松接力赛？”

小不点点点头。

大华哥一脸迟疑地看向他，欲言又止。

小不点怕被直接拒绝，连忙说道：“你不用着急答复我，你回去想一想，如果觉得没有问题，你明天早上来操场！”说完他一溜烟地走了，只剩下大华哥丈二和尚摸不着头脑地站在原地。

疯犬少年的天空

12

伟大的队伍

“你们跟我这种天才不同，

你们都很需要赢一次吧？”

周末清晨的操场上，雾气还未散去，马田、三个锅盖头和小不点教练早早到了操场，开始准备队伍的第一次训练。

小不点告诉他们，他已经跟大华哥说过了，大华哥有点儿心动，但是怕影响学习，要考虑一晚上，如果决定好了，今天早上会直接过来。

大家充满期待地等了半个小时，没人来。小不点有点儿失落，决定先不等了，回去再想想别的办法说服大华哥，然后开始安排第一次训练。

忽然，在雾气渐渐散去的远处，传来一段恢宏的音乐，大家转过头，凝目望去，在隐约中，一个壮硕的身影若隐若现，越来越近。

大家渐渐看清楚，来人正是大华哥，他穿着背心、短裤、白球鞋，头上包了一条朴实无华的条纹毛巾，出现在大家面前。四人第一次近距离看到传说中的大华哥。大华哥五官分明，长得极为坚毅。在恢宏的背景音乐中，他们被折服了，他们从没见过像大华哥这样自带出场音乐的炫酷男人。

大华哥的声音充满力量："报……报告……不对……"

大华哥低头关掉腰间的收音机，音乐戛然而止，收音机被取下来，放在地上，清了清喉咙继续说：“IN THE WIND第五号队员，杨千华报到！早上因为听了一下英语单词，所以迟到了一会儿，下不为例！”

小不点开心地点点头。

阿力和阿泽窃窃私语：“为什么传说中的大华哥一副很好说话的样子？”

马田接道：“他秀气的全名才是重点吧？”

大华哥上来跟每个人礼貌地握了握手，大家都沉浸在他完全不对的行为方式和画风里，无法自拔。

小不点拿出一个笔记本，站在几个大汉中间，认真地分析：“这个比赛，需要你们按接力的方式跑完全程，也就是说你们分别要跑5公里、10公里、5公里、10公里、5公里。”

大家点点头。

小不点：“这么排序其实是有讲究的。我首先要确认你们每个人的实力，然后给你们科学地安排顺序，当你们确定排位顺序以后，会有针对性的单独训练和一起训练，以及一些常规性的训练，比如每天早上来操场跑圈儿，放学再做一些增加肺活量的训练。今天我决定先让你们尽全力跑，看看各自的极限在哪里。”

大家觉得很有道理，开始进入状态，做伸展运动，活动筋骨。

太阳渐渐出来了，散去清晨的雾气，蒸发了露珠，几个男生陆续站上跑道，小不点拿出一块秒表和一个小本子，示意开始。只见大华哥像颗炮弹一样发射了出去，剩余几个人立即追赶上去。

大华哥一直领先，马田和阿杰几乎不分上下，后面是阿力和阿泽。

在接下来的一周里，大家为了测出自己的耐力和速度的极限，都开启筋疲力尽、毫无保留的狂奔模式，其间，阿力假装晕倒两次，都被阿杰踹了起来，阿泽摔倒三次，大家集体在雨中打闹一次。

周五下午，一个星期的训练算是告一段落了，小不点还没来得及整理数据就被大华哥拉到教室里学习去了。

众人在教室围观他俩，只见大华哥全程眉头紧锁地看着小不点风轻云淡地一遍又一遍地给他复述某道题目的题意。过了很久，大华哥才低下头，能自己完成作业了。

小不点在桌子上昏睡过去。

马田走过去，不自觉地念着大华哥做的题目："家庭的安全电压是多少V？"念完皱着眉头，然后转过头迷茫地看着三个锅盖头，他们集体摇了摇头。

大华哥诧异地转过头看着他们："你们连初中的题目都不会吗？"

马田四人摇摇头。

大华哥："我还以为高中生会很厉害，那你们高中学什么？"

大家陷入沉默。

大华哥："你们都不学习吗？"

阿力："学习干吗？我家里有一大片橡胶林，毕业回家，经营橡胶林的知识在学校又学不到。"

大华哥："那你不想看看别的世界？"

阿力哈哈大笑起来："有什么区别吗？"然后看向阿杰和阿泽。阿泽懵懂地点点头，阿杰则把目光转移，看向窗外。

马田低头想到自己，他总是和别人分离道别，一次次离开熟悉的地方，此刻竟有点儿羡慕这三个从来没离开过家乡的锅盖头。

忽然，阿泽恍然大悟，很憨厚地说了一句："欸，为什么你初中的要教育我们高中的啊？！"

大华哥正准备开口，又打住了，转过头继续做作业了。

阿杰忽然把目光从窗外移回来，扬了扬脑袋："喂，要不我们几个以后也学习一下吧？！"

马田等人抬头看着他，没反应过来。

阿杰又小声地说："我主要是，不记得学习是什么感觉了……"

阿泽："我们学不会怎么办啊？"

大家茫然地对视。

忽然前方角落一只手举了起来，是小不点，他说："我可以顺便教你们，为了不影响以后做小生意，这几年放假时我已经把高中课程全都自学完毕了。"

所有人都呆滞地看向他，大华哥笔都吓掉了。

周六上午的613宿舍。

12 伟大的队伍

从门口开始，依次坐着马田、三个锅盖头和大华哥，小马哥在床底玩小虫子。

教练小不点拿着小本子做总结："经过一周的跑步观察，我这里有了初步的想法和你们的基本情况。首先速度最快的是大华哥。"

大家鼓掌。

小不点："耐力最好、能跑最久的是马田。"

大家鼓掌。

小不点："体力和速度保持最平均的是阿杰。"

大家鼓掌。

小不点："然后现在说说你们的不足。"

阿力："我和阿泽呢？"

小不点："暂时没发现你们有什么突出的地方。"

阿力尴尬地挠了挠头。

小不点接着说："大华哥冲刺很猛，但完全不会分配体力，一定会在3公里以后开始慢下来，然后越来越慢，到4公里的时候基本靠走，完全跑不动。"

大华哥点点头。

小不点："马田体力很好，跑到8公里的时候，依然没有比刚开始的时候慢下来多少，但你应该可以比现在更快一些。"

马田做了一个"OK"的手势。

小不点："阿杰在5公里之内，速度是很有保证的，之后会降低一个档次，但第二档速度依然能保持5公里，很厉害了。"

阿杰没有说话。

小不点说完推了推眼镜，看向剩余的两人："阿力和阿泽两个人，阿泽体力比较好一点儿，阿力比较快一点儿，你们都属于队伍目前的短板，需要加强训练。"

阿泽不好意思地笑着，阿力则低头咬着指甲。

这时马田开口说道："那我们怎么分配排位呢？"

小不点把小本子翻过去一页，说："我初步的安排是这样的：大华哥跑第一段5公里，他目前能冲刺2公里，可以降低一点速度，好好分配一下体力，再通过训练，用最合适的速度去跑头5公里，在比赛的时候，务必要在第一棒冲刺到前三。"

小不点看向阿泽和阿力："而第二段的10公里，第三段的5公里，在前面略有优势的前提下由阿泽和阿力去完成，阿泽跑10公里，阿力跑5公里，你们加强训练，在能跑完的前提下保持不掉出前十五名就行。”

小不点看向阿杰：“第四段的10公里，如果真的能在十五名之内的话，我相信阿杰可以一路追赶，用前5公里的第一档速度追到前五名，再用后5公里第二档的速度一直保持在前五名。”

小不点最后看向马田：“你冲刺最后的5公里。所以不管前面跑得怎么样，你只管全力以赴就好了。”

听完，大家都面色凝重，马田看着小不点，小不点看着马田，马田忽然想活跃一下气氛：“但我这个人从来做什么都垫底，派我去最后冲刺合适吗？哈哈哈……”

“合适啊，因为你不就是最想赢一次的那种人吗？”小不点推着眼镜笑着说了句。

马田愣住了，过了一会儿，缓缓抬起头，看向站在门口的有点儿逆光的小不点，觉得他此刻竟然变得高大了起来。

小不点又微笑着看了看大家：“你们跟我这种天才不同，你们都很需要赢一次吧？”

说完没一会儿，小不点被大家用枕头集体压在身下，差点窒息而死。

疯犬少年的天空

13

友谊的裂痕

“你们继续吧，

去跑步，去学习，去远走高飞。”

时间一天一天地过去，几个人因为这次比赛而变得形影不离，并且每天脚上除洗澡和睡觉外都绑着沙袋，这让同学们感到很害怕，以为他们加入了什么暴力组织。

同时体育老师很震惊，平日里每次课前跑圈儿都要偷懒的三个锅盖头，都像变了个人似的，每次都跟着马田很努力地跑步，叫都叫不停。

所有老师渐渐注意到这几个初、高中部的学生莫名其妙地成群结队、拉帮结派。

然而此时期中考试即将来临，大家的训练中断了，因为大华哥要专心致志地复习，让小不点抽不开身，天天没完没了地给他补课和做习题。

考试完毕，公布成绩单的那天，大华哥满面桃花，从倒数进步到了第二十一名。

马田和三个锅盖头包揽年级的最后四名，为此高二（2）班的班主任被教导主任狠狠地训斥了一番。

班主任是一个中年男人，戴着厚厚的眼镜，每天总是一副似笑非笑的样子。

13 友谊的裂痕

在班主任知道自己会被训斥的那天，他很“体贴地”特意叫上了这四个人，让他们站在门外一起听着。四人听着自己的班主任被冷嘲热讽了一刻钟，都感到尴尬和内疚。

班主任终于走出教导主任的办公室，看着他们无奈地叹了口气，擦了擦额头上的汗珠，把他们带到自己的办公室。

班主任喝了口茶，缓缓开口：“成绩差其实没关系，每个班都有这样的学生，但你们包揽年级倒数四名，让我怎么交代啊？”

四人沉默不语。

然后班主任又说：“而且我打听过了，听说你们四个人和初中部另外一个人天天凑在一起，要参加什么马拉松比赛？”

四人摇摇头。

班主任指了指他们脚上绑的沙袋，问：“那这个是什么？”

四人不知道怎么回答，面面相觑。

班主任低头拉开抽屉，翻了翻，拿出一本该校的《学生守则》，放在桌子上：“来，你们谁翻开第三十七页，把第九项第七条大声读出来？”

过了一会儿，阿泽看了看旁边的各位都没有动，只能拿起《学生守则》翻开，然后一头雾水，断断续续地念道："第九项第七条：我校学生不准在身上……可见的地方用墨水文繁体'龙'字、'忍'字等带有社会气息……的……"

大家都忍不住笑了，班主任立马打断阿泽，摆摆手，夺过《学生守则》，自己皱着眉头翻了翻，然后清了清喉咙："我校学生，不准私自参加任何校外举办的户外活动。"然后摊开那页，放在他们面前。

马田和三个锅盖头互相看了看，感到莫名其妙。

班主任喝了口水接着说："我们学校是全封闭式教育，你们父母一般都在外地，不在本市，图的就是个安心。之所以会明令禁止，就是因为曾经出过相关的事故，你们明白了吗？"

四个人没有表态。

班主任看了看他们："其实，你们成绩如果搞上去一点儿，不要那么突出，学校的领导就不会总盯着你们。剩下的话反正我已经带到，你们决意要参加，我是没有办法知道和阻止的。"说完低头看起了报纸。

四个人看了看老师，又彼此看了看，恍然大悟，马上鞠躬说了句："谢谢老师！"

班主任笑了笑没有说话，也没有抬头，继续看着自己的报纸。

阿杰坐在操场上，迷醉地看向远方，然后对几个人说："看来我们真的要学习一下了，哪怕跟老师，也是要讲点义气的。"

马田咬了咬嘴唇，掏出一本单词本，翻开看了看，认真地说："看来下次月考我们不能再一起垫底了。"

阿力听完，慢悠悠地在操场上躺下来："嗯，你们努力一点儿，这样我自己垫底就没那么大的压力了。"

说完，阿力抓起一把花坛里的土盖在脸上。

阿泽缓缓地咧开嘴，开心地笑了，马田把刚刚掏出来的单词本卷起来塞到阿泽半张开的嘴里，然后若无其事地走开了。

从那天起，他们每天跟着小不点教练进行完各自有针对性的训练后，又会跟着小不点老师到教室里，让他补课。

马田和阿杰学得很认真，阿泽除了偶尔有点儿控制不住地发呆外，其余时间都是认真的，只有阿力，睡得昏天黑地，一动不动，哈喇子一直流到地上。

马田和阿杰有时回到宿舍还会互相考对方题目，当然尴尬的是，两个人都是面面相觑，彼此回答不上来。阿泽看到总是忍不住笑出声来。阿力则变得话越来越少，自己躺在床上，很多时候实在不知道干什么好。

在下一次月考宣布成绩时，果然，马田、阿杰和阿泽都脱离垫底的身份，只剩下阿力一人在坚守。

周末，IN THE WIND全员加上教练小不点去外面吃饭，庆祝学习和跑步上的共同进步。大家开心地吃着饭，还点了啤酒，喝来喝去的，也不知道为什么，只有阿力一直闷闷不乐，喝得比谁都多。

其间小不点开心地宣布，他作为经纪人，找了一个记者朋友，会在比赛结束后采访他们这支高中生马拉松接力队伍，到时候可以上报纸。大家都觉得很厉害，开心地碰杯。

只是当大家的杯子都举起来时，阿力没有动弹。

大家都静静地看着他，气氛有点儿诡异。

阿杰终于忍不住了，一脸担心地问了句："你到底怎么了？"

阿力一脸冷漠，没有说话。

大华哥马上笑着说："没事没事，他只是喝多了。"

这时阿力立即接了一句："那倒没有，我清醒得很。"然后表情变得更加冷漠。

阿杰悻悻地放下酒杯："怎么？现在就剩你一个人垫底，你不舒服了？"

阿力面带怒色，却笑了笑："我哪敢不舒服，从小到大你说什么是什么。"

阿泽担心地看了看阿杰，又拍了拍阿力的肩膀，表示适可而止。

阿杰却不依不饶地继续说道："那我叫你看看书，你怎么不看？现在来耍脾气，幼稚！"

阿力听完，猛然站起来，大家都吓了一跳。阿力端起面前的酒一饮而尽，大声地说："根本不是因为这个！"

说完阿力伸手指了指马田，说："我们才认识他多久？说跑马拉松，大家就跟着跑，但你们知道吗，他只是想有个机会回重庆罢了。还搞得每天训练，每天受苦，我根本不喜欢这些事！我们以前开开心心的，现在呢，每天又跑步，又学习，弄得你们一个个都像三好学生，说白了，这个学校就是个垃圾堆，你们都忘了吧？！”

大家沉默，特别是马田，脸上透出一丝不安。而听到“垃圾堆”三个字时，小不点脸上明显有点儿不服气。

阿力又坐下来：“话说回来，好像大家都在变好，也没有什么不对。”

大家依然沉默。

阿力：“我只是觉得和以前不一样了，可能我是个不喜欢改变的废物。反正这些事我都不喜欢，一点儿都不喜欢……你们看，阿泽喜欢吗？”说完，一脸醉相地看着阿泽。

阿泽感到压力很大，吞吞吐吐地说道：“我也不知道自己喜不喜欢……但我喜欢和大家在一起的感觉……”

阿力甩着手说道：“你们看，阿泽也根本不喜欢这些事。”随之而来的是挥之不去的尴尬。

马田张开嘴说道：“对不起……”

阿力对着马田摆摆手，然后看着大家：“你们继续吧，去跑步，去学习，去远走高飞。”说到远走高飞时，看了看阿杰。

阿力：“反正别算我了……不奉陪你们了，我就想和以前一样……”

阿杰端起桌上的酒，自己默默地一口干掉，重重地放下酒杯。大家都面面相觑，不知道该说些什么才好。

忽然有一个低沉的声音哼起一首缓慢雄壮的歌曲，大家都皱起眉头，默默看去，发现是大华哥。不知道什么时候他已经坐在墙角，左手拿着酒瓶，右手打着节拍：

“送战友，踏征程
默默无语两眼泪
耳边响起驼铃声……”

大家都感到很尴尬，阿力更是惊讶得合不拢嘴。

那天之后，除了阿力，大家继续做着平常做的事，只是彼此变得奇怪，不像从前了。大家都有点儿心不在焉，同时也没有人问队伍少了一个人之后，这个比赛要怎么继续参加。

心里最难受的，莫过于马田，他觉得一切都是因他而起，更难受的是看见阿力每天假装没事，和他们一起吃饭、上课、睡觉，只是每当他们训练和让小不点补课时，阿力就一个人默默走掉。

在某个晚自习，马田出去上厕所，发现阿泽一个人坐在操场边上，背靠一个小花坛。马田默默走过去，坐在他旁边，两人没有说话。

过了一会儿，马田打破沉默。

马田问阿泽："你们三个，是一起长大的吗？"

阿泽点点头。

马田："我在大陆也有一起长大的朋友，但可能没你们在一起的时间长，因为我从小总是跟着父母搬家，所以我虽然不主动交朋友，但交到朋友都很珍惜，害怕不知道哪天就要分开。"

阿泽听完，开心地笑起来，然后说："阿杰跟你很像，但你们唯一不同的是，你好像很希望安定，而他很渴望看看不同的陌生的事物。阿力完全是个土著人，但很热心肠。"

马田听完有点儿不好意思地说："不过，一开始也确实像阿力说的那样。"

阿泽看着马田，笑着说了句："没关系的。"

马田抬头看了看天空，接着说："但在这段日子里，我忽然觉得，其实回不回得去，没关系了，我只是很久没有拼尽全力去做一件事了。你还记得你生活里有什么事能让你很有成就感吗？”

阿泽摇摇头。

马田点着头继续说：“有时你会忍不住问自己，我真的只能成为这样的人吗？真的没有别的可能了吗？这时，你就会想做一件事，不管这件事有没有意义，但是它对你都很重要，因为你需要用它去反驳这样的自己。”

阿泽看着马田没有说话。

忽然身后响起一声喷嚏，吓得两人都跳了起来，他们一看是阿力，他正在花坛的另一侧。

阿力有点儿不知所措地看着两人：“我……我正坐在那边，能……怎么办……”

三人陷入尴尬的气氛中。

阿力挠着脑袋，站起来，结结巴巴地说了句：“先回去了。”

马田和阿泽面面相觑，回了教室。

疯犬少年的天空

14

恐怖的情书

“她简直是我们三个心里的阴影，
初中毕业的时候硬要跟阿力表白，
阿力吓得连毕业照都没敢来照。”

中午，在嘈杂的食堂，马田和锅盖头几人大口吃着饭。

阿泽嘴里塞满了饭，忽然想起了什么，鼓着嘴问阿力：“大家都说你上午收到了一封情书，是谁啊？”

阿力听完差点噎住，连忙摇摇头：“不是给我的，给错人了。”

马田：“没有吧，是给你的，从我这儿递过去的。”

阿泽：“谁让你递过去的？”

马田：“霞姐。”

阿杰和阿泽听到这个名字，开始了强忍笑容模式。阿力满脸通红，略带生气，盯着马田，一副“你不要多嘴”的样子。马田见状，觉得三人怪怪的，没有继续说下去。

阿力吃完先走了。

马田转头看着阿力走远，小声地问：“霞姐怎么了？阿力那么不爽？”

阿杰看着马田：“霞姐，我校一霸，你不知道啊？你看我们学校，哪个嘴巴不贱？霞姐那么胖，但你见有人敢惹她、敢嘲笑她半句吗？”

马田立马摇摇头，脑海中浮现出霞姐凶神恶煞般的表情。

14 恐怖的情书

阿泽："本来都是同龄人，但大家都叫她霞姐你就知道了。她现在好点了，以前都是抄起板凳跟男生打架，把人家堵在男厕所打，然后又拉进女厕所打！独自一人！"

马田打了个寒战，没想到坐在自己前面的是这么一个人。

阿杰面带坏笑地接道："但霞姐是个专一的人，一直默默地守护着一个男生，一直爱着他……"说完一脸憧憬的样子看向远方。

马田皱着眉头想了想，终于明白，霞姐喜欢阿力很多年了。

阿泽："她简直是我们三个心里的阴影，初中毕业的时候硬要跟阿力表白，阿力吓得连毕业照都没敢来照，哈哈哈。"

马田好奇地问了一句："她是怎么跟阿力表白的？"

阿泽抬头看了看天花板，如烟的往事顿时飘过：

那年霞姐十五岁，一枝花，年纪轻轻却早已几战成名，打服了年级所有嚣张跋扈、喜欢嘲笑胖女生的男生。但她毕竟也是在青春期，自然而然，会被阿力身上充沛的浪子气息吸引。

眼看就要毕业，霞姐决定表白。一天放学后，在操场上，霞姐带着一群人围住阿杰、阿泽和阿力。三人正与一群人目光对峙的时候，霞姐穿着粉红色的连衣裙从人堆里走出来，所有人都倒吸一口凉气。

她忽然开口，直截了当地说：“老娘非常喜欢你！”

阿杰和阿泽听完，同时迅速地后退一步，把人群正中央的焦点位置留给阿力，阿力这才知道，他完蛋了。阿力看了看里三层外三层的围观群众，知道自己不给个交代是走不了了。

气氛很怪异，形势很紧张，沉默的操场洋溢着青春的尴尬。

忽然阿杰急中生智，在背后默默地、不断地、用力而坚决地重复着一个字：“倒，倒，倒，倒，倒……”

在人群中一动不动的阿力终于在片刻后恍然大悟，瞬间开启影帝模式，双眼微微一闭，全身酥软，张开双臂，往后倒去。

阿杰立马敏捷地从背后扶住阿力，阿泽大喊一声：“哎呀，这场面太浪漫啦！吓晕啦！”

霞姐毕竟还小，见状愣住了，第一反应是担心地走上来，想张开双手抱起脆弱的阿力。阿杰立马制止她，大喊：“霞姐，这种粗活怎么能让你做！交给我们吧！”

阿杰说完背起阿力，阿泽扶着他，三人头也不回，如风般冲出人群，逃离了现场。

从此，阿力处处躲开霞姐，霞姐也渐渐明白，他可能需要一些空间，也不再步步紧逼。但谁能料到，分班的缘分，又将两人拉到了一起。

说完这段往事，阿杰和阿泽都一脸忧伤，无法自拔。

马田紧咬着嘴唇，感到很害怕。

下午的课，阿力因故请假，在宿舍待着。

放学时，三人照常去找小不点补课，却发现阿力一个人早早地趴在教室角落的一张桌子上。大华哥也早就到了，在一边埋头奋笔疾书写着作业。小不点今天给大家补习数学，在讲解题目时，阿杰总感觉身后有动静，下意识地转过头看向角落，发现阿力也拿着一本数学课本侧着脑袋认真听着。

阿力转了转脑袋，忽然间他们两人就四目相对了，阿力马上趴下，继续假装睡觉。阿杰面无表情地把头转回来，却忍不住笑了笑。

晚上在宿舍，黑灯瞎火，四个人躺在床上闲聊。

阿泽开口道："小不点说这周末会有一支海岛大学的参赛

队伍去模拟赛跑，我们跟他们约好了，友谊赛。”

马田、阿杰答应了一声，阿力没有说话。

过了一会儿，阿泽试探性地问了一句：“但是，我们现在不是少了一个人吗……”

阿杰淡淡地说了一句：“少谁了？”

阿力在床上欲言又止。

阿杰看着阿力侧过身假装睡觉的样子，狡黠地说了句：“别装了，阿力早想跟我们和好。他肯定会来的！”

阿力马上坐起来：“谁说的？！”在夜色里，他脸上还有点儿害羞。

阿杰：“你不是睡着了吗？”

阿泽和马田开心地笑了起来。

阿杰：“阿力下午还跟着我们一起学数学了。我看他也在听小不点讲课，被我发现，他不好意思，就赶紧继续假装睡觉了。”

马田不合时宜地接了一句：“嗯，我也看到了。”

阿力坐在床上，感到很尴尬，挠着脑袋无奈地说了句：“阿泽，你赶紧给我找个台阶下。”

阿泽乖巧地开口说道："哦，好啊。王嘉力，你跟我们玩吧，求求你了。"

阿力心满意足地倒下，笑着"嗯"了一声。

四人各自躺在床上，面无表情。

过了一会儿，马田忍不住笑出声来。

阿力把一个枕头砸向马田，马田抬手就把枕头打向阿泽，然后613宿舍在黑夜里爆发了一场枕头大战。

第二天一早，阿杰、阿泽、马田依然比别人起得早，发现阿力床位空空如也。阿泽揉着眼睛，好奇地看着另外两人，两人摇摇头，表示自己也不知道阿力去哪儿了。

三个人洗漱完下楼，跟小不点和戴着耳塞听着英语单词的大华哥集合后，一齐走向操场。

几个人穿过食堂、宿舍楼，离开生活区，走到操场时，都集体停住了脚步。

在初出天际的和煦阳光下，阿力正在埋头跑步，还不时地拿挂在脖子上的毛巾擦拭汗滴。

小不点和大华哥一脸惊讶，看看阿杰又看看跑道上的阿力。

阿力转过弯来，笑着看了看众人，大喊着："我好几天没训练了，我要补回来，不能拖了你们的后腿。"

大家都开心地笑起来，朝着阿力的方向跑过去，一起加入跑步，几个人你一言我一语地调侃打闹，追追赶赶，其乐融融。

他们的欢声笑语响彻宁静的校园。他们像一群快乐的智障儿童。

早早到办公室的班主任听着外面准时响起的跑步声，满意地笑了笑，喝了一口茶，感叹一句："青春，就是没有性生活啊。"

宿舍楼里的人渐渐走出来，老师们也纷纷走进办公室准备一天的课程。天空越来越亮，马田他们结束跑步训练，边擦着汗，边往教室走去。

忽然，阿力表情凝重，步伐慢下来，紧张地拉着旁边的人。几个人奇怪地看向阿力，顺着他的目光看过去，赫然看见霞姐正站在前方不远处对着他们微笑，明显是在等阿力。

大家都定在原地，失去了更进一步的勇气。

小不点左看看右看看，一脸疲惫的样子，说了句：“你们在干吗啊？我先走了，要上课了。”说完头也不回地走了。

阿力深吸一口气，张嘴准备说些什么的时候，突然身后传来低沉雄壮的声音：“喂，你看什么呢？！”

众人转过头去，惊呆了，看见大华哥正冲着霞姐喊话。

霞姐被这突如其来的雄壮男子吓愣在原地，看向大华哥。

气氛变得凝重起来。

楼道里所有的人都停了下来，屏住呼吸。

阿杰、阿泽、阿力和马田顿时低头、弯腰、单膝跪地，开始假装绑鞋带。

大华哥在他们一群人中，顿时显得非常鹤立鸡群，他一头雾水地和霞姐继续对视着。

阿杰和阿力把鞋带解了又绑，绑了又解，等待着上课打铃，前方封路的霞姐就可以让路了。

马田则尴尬地问鞋子同样没有鞋带的阿泽：“我们怎么办？”

只见阿泽熟练地把鞋子脱了又穿，穿了又脱，马田很是佩服，开始学他。

此时又传来低沉雄壮的声音，只见大华哥叉着腰，看着不远处呆愣在原地的霞姐：“你为什么看着我笑却不说话？你能不能自重一点？！女孩子家家的！”

大家忍不住捂着嘴开始笑，目光偷偷摸摸地瞟向霞姐，只见霞姐把抓在手里的一个小信封默默撕毁，藏在身后，一脸花痴地看着大华哥，过了几秒钟，突然转头娇羞地跑开了。

阿力等人欣喜地对视着，又看向大华哥。

大华哥好奇地看着他们：“你们蹲在我脚下干吗？”

四人立即站起来，假装没事，然后对大华哥竖了竖大拇指。

大华哥挠挠头，站在原地完全不知道这个世界怎么了。

进门的时候，霞姐看见马田一行四人，害羞地低下头，过了一会儿小声地问他们：“刚刚那个强壮的男孩是谁啊？”

阿杰自然地拍了拍马田的肩膀，指着马田说道：“是他最好的朋友。”然后淡定地坐下来，打开书看了起来。

霞姐谄媚地对着马田笑起来，马田冷冷地看向三个锅盖头。

三人都忍不住偷笑起来。

15

第一次友谊赛

“哪怕你只是发着微光，短暂得像一颗划过天际的流星，

但在注视你的人眼里，一瞬即成永恒，

甚至比亘古不变的星辰更珍贵。”

周六晚上的海滨公路，车少人稀。

几个人坐车来到约定的地方，发现早已经有二三十个人在热身、聊天，一幅热闹的景象。

小不点兴致勃勃地说道："看来不止有一支队伍。"

马田等人看向那边，别的队伍的队员看起来明显比他们强壮和成熟一些。在人群中，他依稀看到了月饼女神漂亮姐姐。她在不远处看到马田他们，开心地挥了挥手，大家走了过去。

漂亮姐姐开口说道："今天一共有五支队伍。我们就在这条海滨路上折返跑，一共35公里。待会儿除了跑第一棒的队员要留下，其余的都要上旁边这辆大巴车，把你们送往各个接力点。先回到起点的队伍获胜。"

大家听完都跃跃欲试地点点头。

小不点站在他们几个中间，强调着顺序、技巧和说着一些鼓励的话。然后大家拥抱着彼此打气，除了大华哥和小不点，还有另外几支队伍的第一棒队员站在出发点，其余人上了大巴车。

四个人坐在车窗旁，看大华哥站在那儿，正对着他们自信地挥手。

车子启动，往下一个接力点开去。刚刚开出十分钟左右，只见前排的漂亮姐姐拿出电话，对着话筒说：“好了，现在开始吧。”

车上的人纷纷往后看去，发现什么都看不见，但知道比赛已经开始了。一种紧张的气氛开始弥漫在车上。

阿力拍拍阿杰的肩膀说：“放心吧，大华哥秒杀他们。”

阿杰笑了笑：“我在担心你。”

阿力悻悻地看向窗外。与此同时，马田透过座椅的缝隙，愣愣地看着漂亮姐姐跟同坐的男生亲昵地说着话，就像男女朋友。

旁边坐着的阿杰看了看马田，打趣道：“你不是有霞姐了吗？”

马田这才回过神来，收起目光，无力地对阿杰笑了笑。

不一会儿，第二个接力点到了，阿泽和别的队伍的队员一齐下车，大家给阿泽加油打气，车子又缓缓启动，去往下一个接力点。

最后，车上只剩下寥寥几人去往最后一个接力点。马田安静地坐着，看了看时间，忽然听见有人叫他：“你是你们队伍的最后一棒啊？”

马田抬头，是漂亮姐姐。

马田有点儿害羞，点了点头。

漂亮姐姐也点点头：“加油！”

前排传来小声的对话，男生问漂亮姐姐：“你认识啊？”

漂亮姐姐：“对啊，一个高中的小弟弟，跑得挺好的。”

男生：“高中啊，这么小……”

马田听完，一脸不爽，看向窗外。

大华哥这边，一开始就跑了第一，然后一直处在看见人家想超他，他就加速，人家放弃了，他又跑回匀速，一直领先着的状态。不一会儿，他看见前方接力点的阿泽。

阿泽远远地看见大华哥跑在最前面，后面只远远地跟着一个人。在第二接力点的所有人见状立即整装待发，紧张起来。

阿泽大口大口地深呼吸，把手伸得老长，等大华哥过来击掌接力。旁边其他队伍的人都冲着大华哥跑来的那个方向大声喊：“加油。”

15 第一次友谊赛

大华哥满头大汗地跑到阿泽面前，迅速地和阿泽击掌，阿泽扭头大踏步跑了出去，大华哥依然没停下来，在阿泽旁边陪跑100多米才渐渐停下来，气喘吁吁地对阿泽说：“你这段10公里，我们稍微领先，不要着急，记得控制体力和速度，交给你了，加油！”

阿泽点点头，沿着公路往夜色中跑去。

二十多分钟过去了，阿泽在夜风中渐渐听见后面响起了脚步声，扭头一看，看见身后陆陆续续地出现了刚刚在他身边的四个人。

阿泽咬咬牙，开始提速。

又过了几分钟，有一个全身穿黄色衣服的男青年渐渐和阿泽并行，他经过阿泽身边时，看着阿泽苍白的脸，鼓励地拍了拍阿泽的肩膀：“小伙子坚持住，我们交接点见。”说完超越阿泽，用更快的速度往前跑去。

半个小时后，阿泽已经能清晰地看见前方跑着四个人，而他在大部队最后。渐渐地，他们越来越远，不见踪影。

阿泽有点儿失落。

一个小时过去了，阿泽看见前方接力点孤零零地站着阿力一人。阿力嚼着草，看见阿泽出现在不远处，立马吐掉嘴里的草冲着阿泽大喊："兄弟，你终于到了，没关系，他们也刚刚跑走没多久，交给我！"

阿力说完转身跑了出去，不出几米，被旁边骑着摩托车的大哥叫住了："回来，你们上一位选手还没跑到交接点，你们也没击掌接力，你给我在这儿老实等着。"

阿力无奈地走回交接点，看着阿泽有气无力地龟速前进，如热锅上的蚂蚁，其余已经到接力点的上一棒选手都站了起来，给越来越近的阿泽加油打气。

终于，阿力和阿泽击掌完毕，阿力扭头就跑，边跑边转过头向身后脸色苍白的阿泽喊道："别内疚，哥去追他们！"

"哎呀"一声来自阿力。

阿力光顾着转头喊话，没注意道路，整个人冲向旁边的路基，摔了一跤，又傻乎乎地爬起来继续往前跑去。阿泽眯着眼，看着阿力的背影开心地笑了起来。

阿力渐渐开始怀疑人生，因为他大概跑了十分钟了都没见到任何人影，只有一盏盏路灯被他抛在身后。

阿力渐渐感到体力不支，忍不住慢下来走了几步，走着走着一抬头发现前方有一个慢跑的身影，是前方队伍，忽然又有了动力，紧紧地、远远地跟着他。

不一会儿，他就看到了前方的交接点，在他前面的那位选手已经交接完毕，阿杰身旁又有一个男生跑了出去，只剩下阿杰孤零零一人在交接点上。

阿杰依然淡定地伸展着筋骨。阿力仿佛看见了救星，加快步伐，虽然还是很慢，但是努力往前跑去。

两人击掌交接完毕，阿杰笑着说了句：“还行吧，他们走了没多久。”

阿力低着头，手撑着膝盖喘着大气，头也没抬，有气无力地摆摆手说道：“别废话，去追。”

阿杰迈着轻盈的步伐向前方跑去。

马田站在原地，估摸着现在应该到阿杰跑步了，大概还有四十分钟就可以见到他。马田看了看旁边，发现刚刚那个跟漂亮姐姐很亲昵的男生也在，穿着蓝色短裤，在他旁边站着一动不动。

穿蓝色短裤的男生忽然也看向马田，好奇地问了句："听说你是高中生？"

马田假装没听见，看向别处。男生有点儿尴尬，也不再言语，和旁边的人闲聊去了。

阿杰超越三个人之后，看到前方没人了，就保持着可以接受的匀速稳定前行着。不一会儿，他忽然听到身后喊声震天，扭头一看，看见一辆大巴从后面驶来，大华哥、阿力、阿泽探出车窗大声跟阿杰打招呼。原来是接前面的人回集合点的车子。

大巴从阿杰身边驶过。

阿力大喊着："来呀，追我们啊，你前面还有一个人，后面的也快追上来了！"

阿杰听完笑着对他竖起中指。

阿泽对着阿杰喊："我们待会儿见！"

马田忽然看见旁边穿蓝色短裤的男生蓄势待发地站在了交接线上，对着远处大喊："快快快，咱们目前是第一！"

大家集体向道路远处看去，一个矫健的身影正离他们越来越近，后面还跟着一辆车灯闪亮、车速缓慢的大巴。

不一会儿，马田看见穿蓝色短裤的男生已经交接完毕，向前冲刺了。大巴也渐渐到了，马田甚至能看到车上自己的朋友们探在车窗外的脑袋，却不见阿杰。马田和线上其他对手都在焦急地等待。

忽然一个身影仿佛要击碎夜风一般，在远处拼全力而来。

与马田一起在交接点等待的其余队伍的人，一看来人不是自己的队友，都有点儿失落，马田则蓄势待发、兴致勃勃、聚精会神地看着远处的阿杰，伸出了手，又看了看路面，发现穿蓝色短裤的男生早已经不见踪影。

大巴车上发出一阵阵呐喊和欢呼。

阿杰和大巴车几乎同时到达起跑线，马田击完掌都没来得及和阿杰说一句话，扭头跑了出去。大华哥在车窗里看着马田疾驰而去的背影，皱起眉头：“冲这么猛吗？”

马田死死地盯着前方的一个个路灯，仿佛它们是一个个对手，然后他用力地把它们一个个狠狠地甩在身后。耳边风声如雷。夜空中的云都跟不上马田的速度，被留在了身后。

马田终于看见前方的“蓝色短裤”在以不错的速度快跑着。蓝色短裤听见后面有脚步声，自己也稍微加快了步伐。马田却像风一样紧紧地跟在蓝色短裤后面，不一会儿两人就开始并行，几秒后马田迅速超越蓝色短裤。

经过他身边时，马田忍不住想起漂亮姐姐对他说的话：“一个高中的小弟弟……”于是恶狠狠地把他抛在身后。

蓝色短裤看着马田飞快的步伐，一脸不解地盯着他的背影。

但从出发就开始冲刺的马田全然忘记了小不点的所有教诲，在超越蓝色短裤没多久后，他开始感到呼吸困难，步履蹒跚。十多分钟过去了，马田知道自己一直冲刺已经提前消耗光了自己的体力，每一步都比上一步更加困难，速度也逐渐跌落。

没过多久，马田已经能隐约地听见后面的脚步声，而且越来越清晰。马田绝望地看向身后，蓝色短裤和他的距离在缩短。

马田紧咬牙关，想要加速，却感到脚步并不听使唤，紧咬牙关反而让他呼吸更加困难。

他顿时像一个泄了气的气球，呼吸跟不上步伐，速度一下子跌落到最慢。蓝色短裤从他身边轻盈地经过，担忧地看向他，他失落地抬头看向天空。

15 第一次友谊赛

每一步踏在马路上，马田都能听见沉重的回响。天空的星辰越来越远，越来越小。渐渐地，身后有光亮，大巴缓缓驶来，照亮面前整条公路，马田眼睁睁地看着一个又一个的对手从自己身边经过。

大巴上其他队伍的人都在大声地给自己的队友加油呐喊，唯独自己的队友全都皱着眉头，担心地看着马田，同时还带着不解。

马田低下头，没有接住他们的目光，任由车子缓缓驶远。

在终点，其他人都在开心地说笑，口水横飞地重温着战况。大家在祝贺蓝色短裤他们的队伍。

唯独阿杰他们看着马田，上去微笑着拍了拍他的肩膀。

漂亮姐姐也走过来，看着面带不悦的马田说："高中生，一起跑完就很厉害了，没关系的！"

马田听完，表情僵硬地点点头，再没有任何回应。

阿杰连忙上前搂着马田的肩膀说："他今天不是很舒服。"然后对漂亮姐姐笑了笑。

结束后，几个人坐在热闹的海大南门街道上吃着清补凉，开心地聊着天，谁也没提友谊赛最后一名的事。只有马田一个人默默不语。

大华哥愣愣地开口："对了，我们在大巴上看到阿杰的时候，他还是第二名，离第一名不远，按理说以马田你的实力不应该落到最后啊？"

大家都没说话，看着马田。

"你心中只有学习，不懂的。"阿杰打岔说道。

大华哥："我为什么不懂？"

马田面色尴尬起来。

阿杰："马田吃醋了，所以使劲冲刺，毫无保留，最后没有体力，无以为继了呗。"说完自己忍不住笑了起来。

马田的脸一下子红了，站起来："什么吃醋，我吃什么醋了！我就看是友谊赛，想试试自己的极限。"

大家都捂着嘴笑了起来，只有大华哥一个人蒙在鼓里，不知道是怎么回事。

小不点打断大家，一副淡然的样子，摆着手说："没事没事，两周之后还有一次更大规模的，我们重新调整一下顺序，今天我发现了，别人把好手都放在第二段、第四段和第五段，想了想觉得有道理，大家第一棒怎么都甩不开差距，都是积少成多。阿泽或者阿力，应该往前调一下。”

大家点点头。

过了一会儿，大华哥又抬头问：“马田吃谁的醋？”

阿力凑过去，小声地说：“下次友谊赛我指给你看。”

马田用手圈着阿力的头，让他闭嘴，阿力一推，两人调皮地打闹起来，弄翻了桌子，清补凉洒得到处都是，周围的人都惊住了，嫌弃地看向他们，老板一脸生气地走过来边骂骂咧咧边撩起袖子，阿杰拉了拉阿泽，喊了一声：“跑啊！老板要打人！”说完开心地、头也不回地跑走了，众人也回过神来，赶紧跟着跑起来，大华哥背起小不点紧跟在后面。

一群人大喊大叫地跑在热闹的街道上，全然忘了长跑刚刚结束的疲惫，引得路人都侧目相望。

一直冲到校门口，他们才安静下来。几个人鬼鬼祟祟地爬墙回学校。在墙头上，准备一跃而下的众人忽然停住了。

洪大国正站在校内围墙下看着他们。他用奇怪的目光打量着这群人。看他们一身跑步装，洪大国面带愠色一言不发。

过了一会儿，顺着围墙最左边的保安室传来声音：“洪老师，你那边有什么情况吗？”

众人的心都提到了嗓子眼儿，努力低着头贴在墙上。

洪大国看了看他们，然后转过头冲着那边的保安室大喊：“没事。”然后对着墙头上的众人说了一句，“给老子小心点儿。”随后默默走开了。

众人你看看我，我看看你，觉得很惊讶，然后蹑手蹑脚地跳下墙，小心翼翼地跑回宿舍楼。

没过多久，洪大国推开613宿舍的门，淡淡地说了句：“老规矩，去楼道吧。”

众人懒洋洋地从床上爬下来，并排站在楼道里。

洪大国看着他们，问：“你们出去跑步了？”

阿泽诚实地回答：“嗯，出去跟大学生参加友谊赛了。”

洪大国：“赢了吗？”

大家摇摇头。

洪大国听完笑了笑，接着冷冷地说了句：“那就多站半个小时吧。”然后进了房间。

风穿过树木，传来沙沙的声响，马田认真地抬头看着星空，觉得很美，陶醉地张开嘴。

其余三人看到他这么认真，也无所谓地跟着看向夜空。

过了一会儿，阿泽说："你们有没有听过，'哪怕你只是发着微光，短暂得像一颗划过天际的流星，但在注视你的人眼里，一瞬即成永恒，甚至比亘古不变的星辰更珍贵。'"

马田小声地问了一句："谁说的？"

阿泽："我的偶像里则林。"

三人同时问："是谁？"

阿泽挠挠头说："我们这本书的作者啊。"

其余三人都点了点头，心里觉得里则林真厉害。

作者透过星光，在遥远的地方，看到他们年轻的脸上有一丝与众不同的气息闪过，更像是一种独有的内涵和鉴赏能力，那种喜欢与优秀事物为伴的特别气息。

"对了，作者这么写不怕读者打他吗？"阿泽懵懂地问了句。

"不知道，反正他不要脸。"阿杰皱着眉头说道。

疯犬少年的天空

16

二十八岁的初中生

“他以前运气不好，

所以他的青春和我们的不一样。”

小不点焦急地从初中部跑到高中部，到高二（2）班门口，往里面探头寻找着什么。

刚刚下课坐在后排插科打诨的马田和锅盖头们看见小不点在门口着急得左顾右盼，马上对他摆了摆手，示意他进来。

阿力一直打量着迅速走过来的小不点，奇怪地问："什么事能让你这么慌张？"

小不点赶紧开口道："哥一向淡定，你们知道的。"

众人虽然觉得听到"哥"字很不自在，但都点点头。

小不点看了看左右，然后小声地说："刚刚有个女人来找我。"

大家都被提起好奇心，心想：有故事。

小不点接着说："那个女人，自称是大华哥的老婆！"

大家听完，心里波澜起伏，面面相觑。

阿力："真的？"

小不点："真的！"

阿杰："我们是问你，那女的真的是大华哥的老婆？"

小不点："不知道，他看起来虽然老，但好歹才上初中，哪儿来的老婆？"

阿杰："那女的多大？"

小不点皱着眉头回忆了一下："看起来，跟大华哥年纪相仿。"

众人陷入沉思。

小不点猛然想起了什么，打断众人的沉思："这个都不算重点，真正的重点是她叫我们放学一起出去吃饭，说有事跟我们说。"

马田："叫我们？"

小不点："对！我们！她原话是我们跑步队的几个同学一起！"

马田突然眼睛一亮："我们为什么不找大华哥问一下？"

小不点立马摇摇头："这个比刚才那个更重点！大华哥早上跑完步就不见人了，去宿舍也找不着。"

众人你看看我，我瞧瞧你，觉得很奇怪，无数的揣测涌上心头。

放学后，众人依旧未见到大华哥，他们怀着忐忑的心情跟着小不点出了校门，找到那家约定好的餐厅。

走进去，大家发现大华哥和一个女人已经坐在那里了。大家都惊讶地看着他们。

大华哥尴尬地看着大家，身旁的女人倒是毫不尴尬，招呼大家坐下来。大家都紧张得想不起来要说些什么才好。倒是阿力吃着吃着忽然张嘴："我明白了，大华哥农村人，结婚早，刚刚结的婚，请我们吃饭庆祝一下，对不对？"

大家都抬头看向大华哥和身旁的女人，大华哥表情更加尴尬，那个女人没忍住笑起来，明显被逗乐了。

女人开心地笑着说："我们都结婚五年了！"

大家惊讶地张开了嘴，阿泽的碗都掉了。

阿泽："所……所以十岁、十一岁，就结婚了？"

大华哥自己也笑了起来。

女人："你们华哥都二十八岁了，看不出来吧？！"

众人一下子就炸锅了。

"你看吧，我说吧，发育得再早，也不至于这样！"

"是啊，我就说哪儿来的初中生长得跟中年人一样？！"

女人听完只顾自己开心地乐呵着。

小不点满脸不可思议地看着他们："那他为什么还在上初中啊？"

女人看了看大华哥，忽然严肃起来："特殊情况。我请你们一起来，就是希望你们跑步的事，不要再叫上他了，你看他，也不是你们小孩子的年纪，他就是来学点知识，跟你们搞这些小孩子的东西，也有点儿尴尬，是不是？"说完女人有点儿难为情地看了看大华哥。

大华哥神色也很不自在。

众人听完也能体会，看向大华哥，一头雾水，不知道其中的具体情况，只是内心都很震惊，不知道怎么办。

阿力打算开口说些什么，但看了看沉默的大家，又闭上了嘴巴。

大家就这样默默地吃着饭，直至饭后，大家都散了，几个人回学校，大华哥让他们先走。

几个人和小不点回到613宿舍，大家都坐着，一言不发，默默地回想着刚刚的事情，觉得有点儿难以消化。

没过多久，宿舍的门被推开，大家一看是大华哥，立马来了精神，都着急地看着他。

大华哥一脸失落，默默地坐下来。

阿杰马上拍了拍他："华哥，没事的，这也没什么好奇怪的……"说到一半阿杰自己也觉得好像没什么底气继续说下去了，因为确实很奇怪。

大华哥叹口气，然后张嘴说道："其实是这样的……"

大华哥幼年丧父，母亲卧病在床。大华哥是家中长子，只能辍学回家，继续经营着父亲留下的小卖部，照顾母亲和弟弟妹妹们，一晃好多年过去了，压力渐小，也结了婚，打算就这么继续生活。但大华哥生性老实巴交，心眼儿不多，加上没什么文化，就总被老家同辈人嘲笑他是"傻华"之类的，经常连算个数都算不清楚，常常找钱找错数目，并且都是多给别人。

后来村里的小孩都知道他是个"傻子"，有了零花钱就去他的小卖部买东西。大华哥的老婆气不打一处来，某天突发奇想，让大华哥去找个学校把初中念完，学点文化知识，免得以后孩子跟着继续被嘲笑，自己则留在家中替他继续打理小生意和照顾家人。然后大华哥托了亲戚关系，进了这所学校，就想把初中上完，回家继续生活。

听完大华哥的遭遇和身世，阿泽抱着大华哥哭了，其余人也觉得很心酸。

小不点更是一把鼻涕一把泪，他让大华哥放心，这些事他绝对不会说出去，并且一定努力指导他学习。

大华哥依然一脸内疚的样子，过了一会儿说："跑步这事，我看我是参加不了了，我老婆其实很辛苦，现在还要担心这些，会让她觉得很丢脸，她以前在老家因为我已经丢脸丢够了。"

大家都心疼地看着大华哥，安慰着他。

忽然马田看着大华哥严肃地问："你老婆刚刚走吗？"

大华哥点点头："应该还在南门等下一班长途车回老家，我说陪她等，她不让，说别再让别的人知道她是我老婆，唉。"

马田听完，二话不说冲出去，留下一脸茫然的众人。他快速地穿过教学楼，穿过操场，到达校门，保安冷冷地看着跑向校门的他。

正是课间休息时间，许多人都站在教学楼的楼道里闲聊。

马田却丝毫没有停下来的意思。他一脚踏在校门栏杆上，伸手用力一抓，保安才反应过来这个同学要冲出校门，于是开始大声呵斥马田。

这时教学楼里所有人都被这惊天动地的呵斥声吸引，好奇地看向校门。

只见马田三两下就爬到了校门的顶端，转过身来，准备一跃而下时，看见面前整个教学楼的楼道里，有无数双眼睛惊讶地看着他。一股暗爽忽然从他心底涌出，他觉得自己仿佛回到了从前。

随后他跃出学校，身后一片哗然。

保安在后面边大声呵斥马田，边从保安室追了出去。

马田头也不回，毫不理会，保安硬生生地追了一段，发现他实在太快，只能作罢，看着马田远去的背影，立即把这个学生的事情用对讲机传递回学校。

马田一路奔跑，路过校门口的林荫小道，冲出南门，着急地环顾四周。忽然看见远处有一辆车缓缓启动，一看就是辆长途客车，马田也不管那么多，径直飞奔追上去。

车上的人渐渐发现后面有个少年在狂奔，用力挥着手，于是开始交头接耳，大华哥的老婆也在车上，见状也奇怪地看向身后，发现这个人很眼熟，还在不断地边狂奔边挥手。

车子并没有停下来的意思，马田只觉得它越来越快，自已越来越跟不上。渐渐地，距离被拉开，马田依然在用力地追着，丝毫没有放弃的意思，但慢慢地，他觉得车尾灯都开始模糊起来。

突然，车子在远处缓缓停下来，过了一会儿，下来一个一脸茫然的女人，正是大华哥的老婆。她担忧地盯着马田。马田用尽最后的力气，朝她跑去。

跑到面前时，马田干呕几声。大华哥的老婆缓缓开口：“阿华他同学？”

马田抬起头，用力地点了点头。

大华哥的老婆：“怎么了？”

马田上气不接下气，几乎是用尽最后的力气挤出一句话：“大华哥每次跑步，都是最快的，跑在我们最前面的时候，他都很有成就感！”

大华哥的老婆愣住了，皱着眉头看着面前这个气喘吁吁的少年，他面无血色，汗滴沿着他的额头一直往下淌。

马田：“看得出来，他很快乐！他和我们在一起的时候经常笑。”

大华哥的老婆也微微地笑起来。

马田也笑了笑，边喘着气边大声说：“他以前运气不好，所以他的青春和我们的不一样，但是如果把这当作他重新过一次青春的话，没有什么可丢脸的，二十八岁上初中不丢脸，二十八岁和我们一起参加跑步比赛不丢脸。”

大华哥的老婆没有说话，面色尴尬地看着马田。

马田接着说：“我初中的时候，逃学、假装老大、欺负女同学、拆学校大门、不做作业，每天混吃等死，搞得没有一个学校想要我，只能孤身一人来到这里上学，我比华哥差远了。”

过了一会儿，大华哥的老婆说：“也不知道说你幼稚，还是说其他什么才好。”

马田没有说话，真诚地看着大华哥的老婆。

她笑了起来，接着说：“你在阿华他们队伍里，算跑得快的吗？”

马田想了想，点点头。

大华哥的老婆忽然眼睛湿润了，点了点头：“我还担心他那个样子在学校，大家都嘲笑他，没人理他，会很孤单。”然后掏出一张纸巾递给马田，拍了拍他的头，说，“好了，我知道了，弟弟回去吧，一车人在等我呢。”说完看着马田。

马田也看着她。

马田缓缓地挤出一句：“那是……”

“那就是你们一起加油呗。”

于是两人相视而笑。

大华哥的老婆对马田摆了摆手，转身走向大巴，马田胸膛起伏，看着她的背影远去，车子重新缓缓发动。

这时远处一群人吵吵嚷嚷地跑来，马田一看为首的是阿杰、大华哥他们，后面追着一群老师和保安。阿杰看到马田，长舒一口气，在原地边喘气边喊着：“喂，你不要命了，直接翻出校门，还以为你出什么事了，这下全校都知道了。”

马田看着他们，开心地笑了起来，然后对着大华哥做了一个“OK”的手势。大华哥看看马田，又看看前方渐行渐远的长途大巴车，忽然明白了什么，开心地点了点头。

马田又看向其余三人：“欸，你们怎么出来的？”

阿力：“你怎么出来的，我们就怎么出来的咯！”说着指了指身后一大队保安和几个几乎累断气的老师。

阿泽无奈地冲着马田摊了摊手。

马田看了看，一脸焦虑，知道这次闯大祸了。

经过一夜的深刻批评和教育，第二天全校通报，马田、三个锅盖头和大华哥被给了“留校察看”的严重警告，如果不能通过优异表现撤销处分，则下学期自动退学。

几个人坐在操场上，他们已经是风云人物，大家走过路过，眼睛都不会错过他们。在小学部开心玩耍了很久的小马哥也担心地过来找马田。

阿力躺在由几个人组成的阴凉处，分析着：“我们倒是无所谓，只是大华哥要是初中不能毕业，那……他老婆会杀了我们吧？”

大家听完，结合昨天大华哥的故事，惆怅不已。

远处，小不点跑来，说：“我问到了撤销处分的办法。每个人成绩进步十名以上，就可以。”

说完大家更加惆怅了。

突然阿杰灵光一现，一拍大腿，激动地说：“其实我们几个本就在垫底，所以对手也全是垃圾，一起超越十个垃圾，不难啊！”

阿力皱着眉头说：“但你忘记了吗，我们是所有垃圾中最垃圾的那几个！”

大家都有点儿不服气，但又无法反驳。

此时小不点的脸上却忽然浮现出更加担忧的神色，看向大华哥，大华哥也一脸绝望地看向小不点。

阿泽似乎明白了什么，担心地问：“所以大华哥上次月考的名次是……”

小不点缓缓挤出一句话：“怪我补课太狠，导致他突飞猛进，本来也是垫底的人，但是上次月考考了……第十一名。”

阿力听完，又分析起来：“所以十一减十，那就是……第一名？”

大家都倒吸一口凉气。

阿力忽然哈哈大笑起来：“这还不简单吗？！小不点次次都是第一名，小不点下次别考那么高，把第一名让给大华哥不就完了吗？兄弟一场，不可能不肯吧？！”

小不点摇摇头。

阿杰则用力地打了一下阿力的头："你是弱智吧，小不点肯让，剩下那九个人肯让吗？而且跟我们不一样，我们超越十个垫底的垃圾就行，他要超越的是班上前十名的同学！和我们的难度完全不同！"

阿力小声嘀咕着："但我们的对手是高中生，他是初中生……"

阿杰笑着问他："难道初中的题目你会？"

阿力绝望地闭上了眼睛。

大家陷入沉默，过了一会儿，大华哥站起来，憨厚地笑着对大家说："没事的，别担心，努力一把，试一试，尽人事听天命吧！"

马田："好！我们陪你一起努力！"

几个人都站起来，用心地看着彼此，互相加油打气，忽然又感到这样子有些难为情，觉得很害羞。

最后小不点说："别太在意天分这种东西，人生就像跑马拉松，不坚持到后半段，根本看不出来谁天生体力好、速度快，而后半段的路，人往往很少，坚持到那会儿，就已经赢了很多人。"

17

少年的自责

“他觉得都是自己不好，

事情因他而起。”

海是一座山，深沉而博大；山是一片海，暗藏汹涌，也很平静。

当下的时光却像山海，我们被包裹在其中，所以看不见其全貌。当离它很遥远的时候，我们才知道，原来它是那样的。

阿泽："作者在说什么啊？"

阿杰："我哪知道，神神道道的。这道题到底怎么做啊？"

小不点闻声走了过去。

已经是深夜，宿舍的楼道里静悄悄的，613宿舍内还亮着床头灯，阿杰坐在地板上，眉头紧皱，听小不点讲解题目；阿力正在苦苦做着小学生的解方程式题目；阿泽在认真地看《作文大全》。

马田和大华哥站在静悄悄的楼道里，回头看了看宿舍里认真学习的几个人。

大华哥忽然开口小声地问："你以前在那边学习吗？"

马田摇摇头。

大华哥点点头，一副看得出来的样子。

过了一会儿大华哥又问："你跟我老婆说了什么？她给我

打电话，让我和你们好好跑步。”

马田看着他开心地笑了。

过了一会儿，马田开口道：“我跟你老婆说，如果你以前运气像我们一样好，你那么努力认真的人，应该会过得很好。”

大华哥有点儿不好意思，对着马田羞涩地笑起来：“我像你这么大的时候，在外面做工，在家里经营小卖部，那时候我很羡慕身边的同龄人。”

说着大华哥像是想起了什么似的，从口袋里掏出一个小本子，里面写着一行行的字。大华哥翻开递给马田看，上面的字写得歪歪扭扭的，还有错别字。

十六岁，希望这年妈妈的病好转，我可以回去上学。

十七岁，希望弟弟妹妹顺利小学毕业，我能考上高中。

十八岁，希望能做一个班干部。

十九岁，希望暑假能去海口市玩一圈。

二十岁，能考上大学吗？不敢确定。

二十一岁，如果前面都顺利，我可能学了水生物专业，希望我成绩很好。

二十二岁，暂时没想到……

二十三岁，待定。

二十四岁，待定。

二十五岁，待定。

二十六岁，待定。

马田看完，沉默了。

大华哥又很羞涩地说：“这是我以前在小卖部看店的时候写的，那时候，流行给自己未来十年写个愿望清单……我脑子不好，想十个，都想不出来……”

马田苦笑着说：“你知道吗，如果让我们这种小孩去想愿望，肯定不是这样的。”

大华哥有点儿不好意思，笑着说：“我知道，我太土了。”

马田赶紧摇摇头：“不是的，是不会那么简单，肯定写我要去威尼斯啦，我要环游世界，我要当一个歌手、明星什么的。”

大华哥皱着眉头看着马田：“我的这些愿望简单吗？”然后低头翻了翻那个本子。

马田看向他，忽然眼角湿润，自己搓了搓眼睛。

大华哥奇怪地看着他。

马田："眼睛里进沙子了。"

大华哥凑过去，小心翼翼地看着："来，你别动，我给你吹一下眼睛，吹出来就好了。"

马田点点头。然后大华哥认真仔细地对着马田的眼睛用力吹着气。

马田仰着头，断断续续地说道："大华哥，这些愿望，推迟十年，也不晚，可能有一天，你也会想到别的愿望，记得补上去。"

大华哥停下来，看了看马田，憨厚地点了点头，然后继续帮马田吹眼睛。

一夜过去，洪大国发现整个宿舍楼的人都去上课了，只有613宿舍还没开门。

他推开门，看到在地上、床上六个人躺得横七竖八的，地上都是书本和笔。他用力拍了拍门，发现没有一个人动弹，又大声吼了一句："几点了？"

所有人都猛然睁开眼睛坐起来，一脸茫然。

洪大国："赶紧的，去上课吧！"

在课堂上，阿杰坐在阿力和阿泽中间，一手提着一人的头发，不让他们被瞌睡击倒，而马田眉头紧皱，用力地扶着墙。老师看向教室的角落，发现四人面如死灰，感到很害怕，不知道他们做了什么。

在食堂，马田、三个锅盖头还有大华哥并排坐着，小不点坐在对面看着大华哥："声音在空气中的传播速度是多少？"

大华哥自信满满地答道："340米每秒。"

小不点满意地点点头，示意他可以吃一口饭。

小不点又看向阿杰，递给他一张纸和一支笔："把非洲版图画下来给我看看。"

阿杰拿过纸笔，低头画了起来，画完，小不点满意地点点头，阿杰立马低头吃了一口饭。

小不点看向已经处于崩溃边缘的阿力。阿力一脸哀求地看向他。所有人的饭都吃得七七八八了，唯有阿力的饭仍然满满一盆，一动未动。

小不点小心翼翼地问他："要不，你告诉我中国有多少个省份？"

阿力小心翼翼地说道："五十六个民族？平均两个民族一个省份？所以有二十八个？"

大家都绝望地摇了摇头。

马田忍不住笑起来："你到底是怎么想出来这种算法的？"

阿力绝望地看向天花板，大喊一声："不管了！"便低头张着嘴就想吃饭，被大家迅速拉开，阿杰生气地说："你要干吗？不准赖皮！"

一群人开始抢夺阿力的饭碗，弄得到处都是饭。

下午阿力面色发黑，肚子时不时地传来一些响声。阿泽偷偷地从课桌下面递给他一块巧克力。阿力偷偷接过，阿杰低头一看，发现两人的手正在交接这块巧克力。他们都紧张地停住了。

阿杰看了看两人，像没事一样，继续抬头看着黑板，听老师讲课。阿力欣喜若狂，狼吞虎咽。

在这个周末第二次的友谊赛上，小不点调整了顺序，阿泽和阿力分别跑第一段和第三段的5公里，大华哥则去跑第二段的10公里，阿杰和马田依然不变，跑第四段和第五段。

阿泽在开跑以后，夹在中间紧咬着大部队不放，大华哥则追回来一些，阿力保持原来的位置跑完了第三段，阿杰第四段几乎回到了前五名。

马田在最后一段，发挥正常水平，这次他们在十一支队伍里面得了第三名。

他们却没有过多的欣喜，因为除了小不点，他们还有月考必须进步十名，不然就面临下学期被退学的这座大山。

大家跑步结束后又匆匆回到学校，继续为考试冲刺。

离考试只剩一个星期了，大华哥也分外认真和刻苦。相反大家的训练都少了许多。

在全校月考那天，高中部的马田几人在考试前集体看向初中部，脸上写满忧虑。

阿泽："大华哥没问题的吧？"

大家都没说话，因为大家心里都很清楚，大华哥是要考到全班第一才可以的。

在考场上，大家都静悄悄地答着题，马田和三个锅盖头发现，看着试卷，他们没有了当初的一无所知的感觉，连阿力也不例外。

中午在食堂吃饭，准备下午的考试时，几个人聚在一起。大家都没提考试的事，聊着别的话题，吃着饭，想尽量忽视大华哥凝重的神色。

在考试成绩公布的前一天，阿力请出一尊奇怪的神像，在作法，嘴里碎碎念着："保佑大华哥，保佑大华哥。"

小不点则在宿舍床上，在一张布满数字和奇怪公式的纸上写写画画，上面写着：大华哥拿第一名的概率。过了一会儿，他心满意足地点点头，自言自语："概率95%，还行！"

阿杰则在宿舍门口不耐烦地打着电话，电话那头传来一个暴躁的声音："杨千华是你新交的女朋友吗？为什么要帮他去庙里烧香啊？你对你亲妈都没这么上心过！"

马田一言不发地坐着看阿力作法。阿泽则一脸茫然地看着拿着电话、满脸怒火的阿杰。

周五下午，有位同学喊道："月考成绩出来了，贴在教导主任的办公室门口，大家可以去看了！"

四个人听见，瞬间跑出教室，却没有跑向高中部的成绩榜，而是跑向初中部的教学楼，远远看见一群初中生围在门口看着一张纸。

阿杰几人走进人群，把大家挤开。初中生们都很奇怪，细声细语地议论："难道现在还有高中部的人参加初中部的考试？"

大家把目光锁定在初三（2）班的成绩单上，一下子找到了大华哥的名字。四个人的心"咯噔"一下，感觉周围的空气都凝固了。

四个人周围的沉重气场令整个初中部教导主任的办公室门口都安静了。

杨千华，第三名。

这时，马田看了看周围，发现大华哥和小不点站在远处，他们一言不发地望向这边。

六个人坐在操场上，沉默不语。

17 少年的自责

这次月考，马田、阿杰还有阿泽考进了前二十名，阿力则进了前三十名，都达到了撤销处分的条件。唯有大华哥，差两名没达到标准。

马田开口道："有别的办法吗？"然后看向从小到大都在这个学校的三个锅盖头，满脸期待。

阿杰："这个学校，别的不敢说，但处分上，真的是一丝不苟。"说完一脸的忧愁。

其余几人听完不知道要说什么才好，全都失落地低下头。唯有大华哥忽然兴致勃勃地说："我们这段时间疏于训练了，不如你带我们出去跑一跑吧。"说完，转头看着小不点。

小不点看了看大家，然后用力地点了点头。

小不点用老办法带着大家出了校门。

五个人缓缓地跑动起来，小不点则骑着一辆女式电动车跟在他们旁边。

一行人排成直线，步伐矫健地穿过海岛大学南门那条热闹的街道。许多悠闲的人好奇地看向他们。一群少年渐行渐远。

他们穿过安静的小巷，穿过桥梁，没有人问他们要去哪里，他们只是静静地跟着最前面的大华哥跑着，晚风迎面拂来，挥汗如雨。

小不点在旁边边骑车边给渐渐感到疲惫的阿力和阿泽打气、加油。

路灯渐渐亮起，道路逐渐变得宽阔，人烟稀少，沙子越来越多，隐隐约约地能听到海浪扑打海岸的声音。

忽然六个人眼前出现一片茫茫大海，海上有一艘帆船在悠然前行，远处的邮轮长鸣一声。

他们终于在海边停下脚步，海水轻轻地舔着众人的脚尖。

大家气喘吁吁地你看看我，我看看你，胸膛此起彼伏。

马田突然笑了出来，众人看向他，他说他想起了第一次见到大华哥的情形，大家也都忍不住笑了起来。

他们一齐看着金黄的落日余晖洒在海面上，一言不发。

大华哥忽然说："我老家的房子，离大海很近，以前我心情不好的时候，就会跑到海边去，一直站着，大不了哭一下，然后心情就好了。"说完，他顿了顿，用力地吸了一口气，接着一滴眼泪沿着脸颊滑落了下来。大家看着他，这时才体会到他的难过和伤心。

海浪在跳跃，海鸟在滑翔，风从海面轻轻掠过，带来一丝惆怅，并且把它们贴在了少年们的面庞上。

大华哥擦了擦眼泪继续说道："站在海边的时候，你会感觉就像站在大地的尽头，看着茫茫大海，你知道自己此刻再也无法前进一步，再也无处可去，然后你只能转过身去，拥抱你的生活，泪流满面也好，欣喜若狂也罢，你只能回头拥抱它们。"说完笑着用红彤彤的双眼看向大家。

马田和他四目相对时，眼泪一下子就流了下来，他觉得都是自己不好，事情因他而起。

阿泽看向马田和大华哥，看着看着也流泪了，后来再也忍不住，"哇"的一声大哭起来。

其余的人上来，抱着哭泣的三人，拍着他们的肩膀。

他们彼此之间没有说安慰的话，也没有说没关系，但他们彼此相伴。

疯犬少年的天空

18

最后的处分

“关于上次，

你们几个人在晚自习期间当众攀爬校门越校的严重行为，

我们今天告诉你们处罚的结果。”

周末过去了，在周一的下午，马田、三个锅盖头、大华哥走进校领导办公室，去接受这次处分。

马田发现办公室有自己的班主任和大华哥的班主任，还有初、高中部的教导主任，还有副校长。

副校长头发稀疏，眼睛里闪烁着严厉的光芒，盯着几个人，缓缓开口道："关于上次，你们几个人在晚自习期间当众攀爬校门越校的严重行为，我们今天告诉你们处罚的结果。"

副校长："按照规定，要求你们在本次月考中进步十名，就可以撤销处分。"

他说完看了看大家。马田几人则紧张地看向大华哥。

副校长："高中部的四人，马田、陈文杰、王嘉力、徐怀泽，全部达到标准，可以撤销下学期退学的处罚。"

大家听完，没有为自己感到开心，相反脸上流露出难过之情。

副校长："而初中部的杨千华同学，虽然也很争气，但没达标……"他说完有点儿惋惜地看向大华哥。

马田绝望地看向窗外的天空，忽明忽暗的云朵在无力地飘浮着。

副校长："比较可惜，希望以后引以为鉴……"

忽然有一个声音打断了副校长："虽然我不是很了解这位初中部的同学，但是我从其中一位学生月考的试卷里看到了一些关于他们的东西。"大家发现，说话的是马田他们的班主任。

大家都看向他。

班主任默默拿起一张试卷，翻到后面，推了推眼镜，开口念道：

"我成绩不好，也没有什么过人之处，有时觉得自己在这个世界上，其实是可有可无的。

"直到我和我的好朋友们打算一起参加一个马拉松接力比赛，在这个过程中，我才第一次试着坚持到底，第一次学着不要拖身边人的后腿。

"更重要的是，我们是接力赛，所以一个都不能少，哪怕像是我这样觉得自己什么都不行的人，在其中也开始变得不可或缺，逼着自己要打起精神来。

"这种感觉对我来说，很重要，因为有生以来，我第一次感到，原来自己很重要。

"这份开始重视自己的感觉，是我以前从来没有过的，让我想要变得更好。

“在跑步的过程中，我也第一次发现人和人之间其实不是陌生的，他们会对大汗淋漓的你露出微笑，为你打气；我也第一次发现人和世间万物是有联系的，天上的星星像是知道你需要一个方向，所以会闪闪发光，点亮夜空；海边吹来的风，像是知道你需要安慰，才会徐徐轻拂，包裹你的全身……”

大家都认真地听着班主任一字一句地念着这篇作文，而阿泽渐渐红了眼睛，用力地擦拭着双眼。

班主任念完，缓缓地舒了一口气，抬头说：“这是我们班徐怀泽同学的作文的一部分，他从来没有写过超过150字的作文，这是他第一次写满了格子。”然后指了指阿泽。

老师们和副校长都没有说话。

马田、阿杰、阿力和大华哥则轻轻拍着阿泽的后背，也红了眼睛。

班主任接着徐徐说道：“我们一生教书育人，无非是想充当指月之指，希望他们某天抬头仰望天空时，能找到月亮在哪儿。”

他温柔地看着面前几个低着头、红着双眼的学生继续说道：“所以，有时候我想，如果对有些学生来说，当书本上的知识或者我们的教育方式不足以指引他们的时候，我们该怎么办？批评和处罚会让他们找到方向吗？”

班主任说完顿了顿，低头看了看试卷，又抬头看着众人：“但在这里，我找到了答案，其实朋友间、同学间，互相支持和帮助，也许能让他们走得更远，也能找到自己的路。在他们好不容易第一次碰到令自己积极向上的引力时，我们要不要适度地宽容地处理一些无伤大雅的血气方刚？”

马田几人都神情复杂地看向班主任。

班主任则一脸恳求地看着副校长。

两位教导主任都默默地点着头，大华哥的班主任也默默地擦拭着眼睛。

这时，初中部的教导主任轻轻地说道：“其实我对此事也一直有个疑问，不知道当问不当问……”

大家都看向初中部教导主任。

副校长斩钉截铁地说：“你问！”

初中部教导主任说：“当初要求的月考进步十名，好像并没有明确强调在什么范围内进步十名，所以我看了看，杨千华同学，在班级上，进步虽然不到十名，但在年级总排名上，他其实足足进步了三十一名，所以……”

他说完迟疑地看向副校长。

马田等人听完忽然眼睛一亮，欣喜地看向大华哥，大华哥也如梦初醒，一副“还能这样”的样子。

副校长听完，迟疑了一下，更是笑了起来，拍了拍脑袋，一副恍然大悟的样子。

然后整个办公室的人都开心地笑了。

大华哥的处分，当场宣布撤销。大家开心地在办公室抱作一团，马田几人更是上前抱着几位老师狂亲不止。

副校长最后对大家说了一些“希望引以为鉴，不可再犯”之类的话，然后欣慰地拍了拍马田他们班主任的肩膀。

马田几人则一脸感激。

忽然，副校长的表情又严肃起来，问道：“刚刚说到的那个马拉松接力比赛，是校外活动？”

大家愣在原地，面面相觑。

马田的班主任说道：“是！但比赛在寒假！”说完紧张地擦了擦额头上的汗。

五个人马上跟着用力点点头。

副校长乐呵呵地笑了，大家又松了一口气。

一个多小时过去了，在办公室外等待的小不点焦虑不安，手背在身后，在楼道里来回踱步。

终于等到他们出来了，他着急地冲上前，张嘴想问，却发现几个人的眼睛都红红的，看了看大华哥，更是一言不发。

于是小不点表情黯淡，好像已经猜到了结果，失落地低下了头。

突然，他们几个并排站着，一副斗志昂扬的样子，看向小不点，小不点抬头疑惑地看着五人。

只见他们五人齐声说道："谢谢教练，带我们跑步！谢谢老师，给我们补课！我们以后会继续一起努力跑步，认真学习！"

说完一齐向着小不点深鞠一躬，然后抬头看着他开心地笑。

小不点听完先是一愣，然后苦笑。以前他总是一副志在必得、胸有成竹的样子，此刻，却见他的眼泪顺着脸颊滑落了下来。

五个人三下五除二地扛起他，开心地大呼小叫，在楼道里奔跑了起来，吓得小不点尖声叫了出来。

疯犬少年的天空

19

农场割胶之旅

“马田从来没见过这么古朴的车站，

浓浓的乡土气息扑面而来。”

由于学校要迎接期末的教育部考核，校领导决定停课三天，给教学楼重新刷漆，算上周末，马田他们有了五天的空余时间。

几个人商量之后，各自收拾了一个小包，一起坐上去往三个锅盖头老家的长途班车。在高速路上疾驰了三个多小时，他们终于到站。

马田从来没见过这么古朴的车站，浓浓的乡土气息扑面而来。

从车站里走出来，放眼望去，全是黄色的土路，路边停满了许多由摩托车改装、在右侧加了座椅的三轮车，车上大部分是女司机，头戴遮阳帽，穿着包裹全身的白衬衫，嘴、鼻围着纱巾，都在大声招揽刚刚从车站里走出来的乘客。

他们一行六人，上了三辆车。三轮车飞驰在土路上，尘土飞扬，马田捂着嘴和鼻子，一直用手在面前扇着，眯着眼睛，明显很不适应，看得同坐一车的阿泽不停地笑。

一路颠簸，尘土飞扬，终于，三轮车缓缓停下来，马田面前出现一个大牌子，写着“红华农场”四个大字。

一排排土楼中夹杂着一些两三层高的自建楼房。

他们往院子里走去，里面正在活动的男女老少都停下了手中的事情，远远看着这一行人。

忽然一个坐在远处、抽着竹筒烟的大伯对着他们招了招手，然后他用方言大声喊着三个锅盖头的名字。

阿杰笑着对马田说："那是我大伯。"说完跑过去打招呼。

马田、大华哥和小不点在阿杰家的三层小楼里住下，阿力和阿泽各自回家后，又来到阿杰家。天色已晚，大家凑在一张圆桌上狼吞虎咽地吃着饭，阿杰的父母出来热情地打过招呼后就上了楼。

饭后，六人都很享受地坐在阿杰家院子里的椅子上。大家沉默不语，很有仪式感地看着一个地方，不知道在想什么。

马田学着大家，一言不发地坐了好几分钟，忍不住开口问："我们现在在干吗？"

大家齐声答道："消化。"

马田从来没有想过，消化也是一件要认真去做的事情。

忽然大华哥看了看马田："你没来过这种地方吧？"

马田点点头，抬头看去，才八九点钟，就已经到处都是黑漆漆的了。或远或近全是蛐蛐的叫声，却给人一种奇异的宁静，晚风悄悄吹拂着众人。

大家上了三楼，偌大的一个楼层，都是阿杰的，单独隔了一个房间，剩下的是大厅。

只见三个锅盖头从阿杰房间里拿出一捆捆草席，铺满大厅的整个地板，又往上面扔了几床被子和几个枕头，六人路途疲惫，横七竖八地躺在上面，有一句没一句地闲聊了一会儿，都沉沉睡去了。

月光穿过树影，从窗户透进来，轻柔地洒落在他们脸上。

马田睁开眼的时候，已是中午，炫目的日光直接从窗户射进来，照着他的脸，强烈的光线让他整个人要背过身去面朝下趴着才能完全睁开眼睛。他看了看周围，发现只剩下他一个人了。

马田睡眼惺忪地走下楼，发现阿杰他们已经在院子里了，穿着短衣、短裤，一盆盆的菜放在桌子上。

阿力开心地对马田招手。

马田搓着眼睛走过去，不好意思地说了一句："你们都起这么早啊？”

阿力：“我们三个早早就去割胶了，回来看到大华哥和小不点已经醒了，就你还睡着。”

马田皱着眉头问：“割胶是什么？”

小不点笑着说：“割橡胶。”

马田恍然大悟地点点头。

阿杰边盛着粥递给马田边问：“你没有见过割橡胶吧？”

马田点点头。

阿杰：“明天我们带你去见识一下！”说完几个人开心地看着马田。

马田吃饱喝足，走到院子外，放眼望去，面前是一大片梯田，上面有几头黄牛，后面则是一片树林，青葱一片，几个小孩在远处的田间追追打打。

这祥和的景象让马田感到很舒适，他忍不住仰天，打算长啸一声，第一声刚刚出去，就发现自己的嘴巴被人捂住了。

马田转过头一看，是阿泽。

阿泽说：“不能大喊大叫的，早起割胶的人，现在都刚刚吃完饭睡觉呢。”

随后几个人在门口阴凉处打着牌，消遣时间，到了下午，人渐渐多了起来，估计都起来了。

晚饭时候，阿杰家的院子里热闹非凡，很多人进进出出，这些人都自然地端着饭碗，边吃边聊。阿力端着装满饭菜的饭碗，走到这个院子聊两句，走到那个院子聊两句，这派景象让马田觉得很新鲜，感觉大家其乐融融。

席间，阿杰的父亲给大家夹菜，忽然开口问马田：“听你口音，是大陆人吧？”

马田礼貌地点头。

阿杰的父亲怪异地看着他。马田觉得有点儿尴尬，阿杰的母亲却一脸温柔地笑着给马田夹了菜放进碗里，热情地说：“尝尝我们这里的口味。”

马田说了声谢谢。阿杰看出马田的尴尬，对他笑了笑，然后略带不悦地看了一眼自己的父亲。

晚上，几个人打闹了一会儿，然后睡去了。

马田在熟睡间，突然被弄醒，周围还是黑漆漆一片，面前有一张硕大的脸，吓得他全身一哆嗦。

有个熟悉的声音响起："是我，阿杰。"

马田奇怪地问："怎么啦？"一看，所有人都起来了。

小不点淡淡地说了句："割胶啊。"

马田看了看时间，才凌晨三点，一脸不情愿地问："三点，起来割胶？"

阿力开心地笑道："哈哈，对啊！"

马田心中无限悔恨白天接受了他们的邀请。

几个人穿好衣服，下了楼。

不情愿的马田却看见一幅热闹的景象，许多农场里的居民已经骑着摩托车从院子的门口经过，向远处的一片片树林驶去，大家有说有笑，一副习以为常的样子。

黑暗中，阿杰的大伯也来了，带着一众年轻人往树林走去。马田感到有点儿冷。

走进橡胶林，树都生长得相距有度，整整齐齐，马田踩在松软的土地上，鸟叫虫鸣响成一片。

马田发现每棵树上都捆着一个小碗。

他自然而然地说了句："这是用来喂鸟的吗？"惹得一行人哈哈大笑。

大伯转过身来科普道："这是用来接胶汁的。"

到了特定的地方，除了马田，其余几个人身上已经挂上了奇怪的装备。

大伯走过来，马田仔细一看，大伯身上挂着电池，头顶戴着一盏灯，脚穿长筒靴。他对着马田轻声说了句："来！"

马田凑过去，只见大伯聚精会神，手里摸出一把磨得雪亮的三角小刀，温柔地、轻轻地在橡胶树上划过。灯光下，橡胶树上出现一道斜斜的口子，然后开始流淌白色的液体，缓缓流入下面捆着的瓷碗里。

马田惊讶地张大嘴，觉得这一幕很不可思议，然后抬头看向旁边，在一棵棵等距离的橡胶树前，几位朋友和大伯做着同样的事情。

大伯看着面带惊奇的马田，笑了笑："每一刀都是有标准的。"说完看向阿杰他们继续说，"以前，他们割坏了，是要被我骂的。”

大伯说完，三个锅盖头转过身来对着马田笑了。

接着大伯又自豪地说：“一点一滴，积少成多。”

马田和大伯一齐盯着刚刚划过的树皮缓缓流出汁液。

微风吹拂，树木沙沙，晨鸟掠空而过，太阳渐渐出来了。大家中途休息了一下。天已经微亮，大家卸下电池和头顶灯，坐在林间喝着水，吃着糯米糕。

休息过后，大伯又招呼大家起来继续干活：“到十点收工！”

大家一齐喊了一声“加油”，然后继续认真地工作。

小不点告诉马田，起这么早是因为只有在凌晨，胶汁才会分泌，天亮以后，胶汁会流得缓慢，所以一般到十点就结束一天的割胶。

过了一会儿，马田在一棵树下坐着打起瞌睡，再醒来时，天空已经完全湛蓝一片，阳光斜射进树林，树林里升起阵阵烟雾。大家都在兴致勃勃地收着胶汁。

阿泽远远看到马田，对他大喊一声：“快好了！”

马田对着他摆了摆手，却猛然发现自己的屁股被露水打湿了。

一行人走出橡胶林，大伯却忽然转过身来，有点儿不悦地看着阿杰几人。

阿杰几人马上想起了什么，转过身，面向橡胶林，低头，弯腰，鞠躬。

马田站在原地，奇怪地看着他们。橡胶林中空无一人，只有枝叶摇曳。

他们在一个小小的山丘上坐着休息，下面有许多房子，升起袅袅炊烟，田间的老牛在悠闲地走动。马田喝了口水，问：“你们刚刚在给谁鞠躬？”

几个人同时答道：“树。”

“树？”马田一脸茫然。

几个人自然地点点头。

大伯则卷了一些烟草吸了起来，缓缓吐出烟雾，然后指了指远处和身后的橡胶林：“一棵橡胶树，可以割五六十年，你想想，一棵树能让一个割胶人收获一辈子。这里的每棵树，我都了如指掌，像亲人一样。”

马田看向远处一片片的橡胶林，感到不可思议。

大伯脸上浮现出温柔的笑，接着说："因为我们相互依赖，相互照顾，才能一起生活在这里。"

大家都在认真听着大伯的话。

太阳已经渐渐当空，光线洒落在大地上，树林里的雾气也渐渐蒸发了，青翠明净，一望无际，这个世界一片温柔。

大家就在这个温柔祥和的世界里静静地发着呆。

大伯站起身："听说你们搞长跑比赛啊？"

大家点点头。

大伯又说："你们可别输了，我们割胶人，从来不缺乏耐心和体力。"

大家又点点头。

忽然山丘下跑来一个人，冲着大伯和阿杰大喊："三叔又不见了！三叔又不见了！"

马田、小不点和大华哥一脸茫然，三个锅盖头和大伯却一脸着急地站起来，二话不说就向阿杰家里跑去。虽然不知道发生了什么，马田、小不点和大华哥也起身紧随其后。

疯犬少年的天空

20

一粒微尘

“当你的心里装进这片草木星空时，

你便会感到自己如一粒微尘，

轻松自在。”

马田坐在阿力的摩托车后座上，摩托车飞快地颠簸着疾驰。其余的人也骑着摩托车，在焦急地寻找。

每到一处，阿力便大声地喊着“三叔”，喊一会儿，没有回应，又去往农场的下一个地方。到处都能听见人们此起彼伏的声音。

过了一会儿，阿力停下来，回头看了看，然后说：“我们走太远了，三叔不可能走到这里。”

马田好奇地问阿力：“阿杰的三叔是个大人吗？”

阿力点点头，看着马田疑惑的眼神，然后用手指了指自己的脑袋说：“三叔这里不太正常。”

马田瞬间明白过来三叔作为一个大人为什么会不见了。

然后他们两人坐在田间的小路边。

阿力接着说：“阿杰的爸爸家三兄弟，三叔是最小的，年轻的时候去了大陆，回来的时候就神志不清了。据说是被大陆人骗光了钱，还欠了很多债，是大伯和阿杰的爸爸替他还的。”马田没有说话，有点儿尴尬地听着，也终于明白那天阿杰的父亲为什么那样看着他。

阿力仰天叹了口气，惋惜地说：“三叔是个好人。”然后转过头来看着马田，“阿杰一直很想高中毕业后考大学到大陆去，但就因为这些成见，他爸爸坚决阻挠。”

马田没有说话，想起那个晚自习阿泽和他聊天时所说的话。

过了一会儿，他们再次上车，原路返回。开了十分钟，马田看见迎面而来的是阿杰和阿泽的车子，身后分别坐着大华哥和小不点。

阿力看见他们，发现他们也一无所获。阿力气馁地摇摇头说：“那边没有，别去了。”

几个人都被晒得满头大汗，三辆车一齐往另一个方向开去，大家都在喊着“三叔”。

突然阿泽想起些什么，急刹车，问另一辆车上的阿杰：“三叔会不会去以前经常带我们去玩的小河边？”

阿杰凝目看了看远处，点点头，说：“有可能，走！”然后掉转车头，大家跟上他一起继续寻找。

阿杰看着面前蜿蜒通向河边的土路，汗沿着他的脸颊落下，思绪回到从前。

那时候阿杰、阿力和阿泽还是小学生，三叔也还年轻，是个二十岁出头的大学生。

三叔考上大学的那天，整个农场都沸腾了。他是本地第一个考进大陆学校、走出农场和海岛的年轻人。

幼年的阿杰夹在人群中，看着三叔意气风发的样子，开心地笑着。三叔每年放假回来，都会带他们三个小朋友去山丘后的河边抓河蟹，然后给他们讲许多新奇的见闻，他们就在脑海里想象那些不一样的景色和人文。

三叔总对阿杰说："你不出去走走，怎么知道哪里才有你爱的风景？"

只是后来，意气风发的三叔不见了，变成一个偶尔疯疯癫癫的男人，并且在他们成长的岁月里，也再没有过关于大陆的只言片语。一切戛然而止，仿佛远方的景色和人文都只是海市蜃楼。

不一会儿，几个人在小山丘下停车，一齐走进树林，穿过弯弯曲曲的林间小路，面前出现一条静静流淌的小河，在一个地势凹陷处，河床特别宽，呈圆形，就像一颗珍珠串在这条河上。

几个人焦急地搜索着河面，只是水平如镜，他们毫无发现。

大家都有点儿气馁，正打算离开时，忽然一阵水声响起，水面散开涟漪，几个人看见水里游出一个人。

三个锅盖头欣喜地喊道："三叔！"

三叔扭头看向他们，目光极为焦急，表情非常严肃地用手指做了一个"嘘"的手势，然后在水里认真地站着，一动不动。

几个人面面相觑，不知道是怎么回事，然后静静地没有出声，盯着站立在水里表情严肃的三叔。

风吹过山林，拂过水面，撩起细微的波纹，几个少年坐在河边。时间一分一秒地过去，小不点忍不住想打个哈欠，刚刚张嘴发出第一个音节时，立即看到了三叔严峻的目光，他吓得硬生生把哈欠压了回去。

又过了一会儿，三叔的表情忽然变了，他开始缓缓移动，小心翼翼地向几个少年走去。大家都站起来，去扶三叔。三叔抓着他们的手，脚慢慢地抬起来走上岸，大家猛然发现他穿着短裤的大腿上，赫然钳着一只绿色的螃蟹。

三叔自顾自地坐在地上，仔细地打开螃蟹的钳子，把它拿下来，然后走到一棵树后面，打开一件裹起来的衣服。衣服里面还有两只螃蟹，加上这只一共三只，三叔心满意足地笑了，拿起衣服包了又包。

阿泽有点儿心疼地看着三叔腿上红红的地方问：“三叔，怎么现在你抓螃蟹，要拿自己做诱饵了？”

三叔看着他们得意地笑着说：“你不知道，我们阿杰，还有他的两个朋友，最喜欢吃我抓的螃蟹了。我要赶紧带回去给他们。”

三个锅盖头愣了愣，看着三叔。阿杰开口道：“三叔，我就是阿杰。”

三叔呆滞地看了看他，点点头说：“我知道。”然后拉着阿杰往外走，几人跟在后面，三叔又说，“那你赶紧带我去找阿杰，把螃蟹拿给他。”

阿杰无奈地点点头：“嗯。”

三叔坐在阿杰摩托车的后座上，小不点则和马田一起挤在阿力的车上。阿泽载着大华哥，几个人一起往阿杰家开去。

阿杰时不时转头看三叔，发现三叔只是一脸茫然，左顾右盼地看着四周的景色。

阿杰忽然想起自己小时候，三叔每次带他抓完螃蟹，就载着他回家。他总是在后座上迎着风，兴奋地大喊大叫，三叔总是微笑着转过头看着他。

忽然一声怪异的呐喊撕裂了回忆，吓得阿杰全身一哆嗦，车头都晃了一下。一个粗犷嘹亮的声音在身后响起，只见三叔张开双臂，在后座放声呐喊，路旁的狗猛地站起来，冲着三叔叫了几声。

阿杰从后视镜里看着三叔。他眼神明亮，表情喜悦，仿佛又成了那个意气风发的青年。

路旁的人纷纷看向三叔，然后露出善意的笑容。

回到家中，三叔一下车就焦急地喊着阿杰的名字，屋里大伯和阿杰的父母都走了出来，看见三叔，才一脸如释重负的样子。

只是三叔还在喊着阿杰的名字。

阿杰看了看三叔，三叔也看了看他。

然后阿杰一脸无奈地走进屋子，紧接着又走出来，一脸惊讶地看着三叔喊道：“三叔你来了？”

三叔高兴地点点头，晃了晃手里那三只螃蟹说：“给你们带了好东西，刚抓的！”

阿杰一脸感动，上前用力抱了抱三叔。

随后整个院子寂静无声，大家都茫然地看着这个滑稽的场面。

三叔看了看天边，黄昏来临，高兴地说：“难得今晚人这么齐，大家都坐下来，我给你们做饭，很快！”说完走进厨房。

阿杰的母亲有点儿担心，想跟着他一起去，被大伯制止了。于是一桌人就在院子里坐着，等三叔做饭。

不一会儿，三叔端着一盆热气腾腾的东西出来，一看，是三只通红的螃蟹。

大家尴尬地彼此对视着。

三叔倒是很热情，招呼大家开始吃饭。

于是在尴尬里，阿力默默地拿起一只螃蟹，把螃蟹腿挨个掰下来，分给大家，大家默默地一人拿着一只螃蟹腿。三叔兴致勃勃地看着大家。

然后三叔看着阿杰说：“你吃啊，你和你的朋友都不要客气。”

阿杰点点头，把蟹腿放进嘴里，嚼了嚼。三叔心满意足地笑着说：“等你以后去外地读书了，就没有这么好的螃蟹吃了。”

又是一阵沉默。

忽然“砰”的一声，阿杰的父亲把手里的蟹腿重重地拍在桌上。

大家都惊了一下。

只见阿杰的父亲生气地看向三叔：“大家陪着你这么玩，你高兴吗？你玩够了没？”

院子里的人继续沉默着，过了一会儿，三叔点了点头。

然后阿杰的父亲生气地站起身来走进屋子。

马田等外人都很尴尬，阿杰的母亲立即打圆场：“没事的，没事的，我进去把其余的菜端出来。”说完转身进了厨房。

三叔也默默地站起来，走到门口，在路旁安静地坐着，一言不发，一动不动，无比落寞的背影映衬在夕阳下。忽然，他开口唱出一首悠扬哀伤的歌：

“不知道在那天边可会有尽头，

只知道逝去光阴不会再回头，

每一串泪水伴每一个梦想，

不知不觉全溜走……”

此时身后二楼的窗台出现一个人影，竟然是阿杰的父亲，他接着唱道：

“不经意在这圈中转到这年头，
只感到在这圈中经过顺逆流，
每个冷酷目光，共每声友善笑声，
默然一一尝透……”

大伯摇摇头，站起来走到院子中间，眼里满是悼念和感怀，接上：

“几多艰苦当天我默默接受，
几多辛酸也未放手，
故意挑剔今天我不在乎，
只跟心中意愿去走……”

马田等人早已被突如其来的分段式演唱惊得石化，只能静静地听着阿杰的父辈们一人一段地唱这首《顺流逆流》，在纠结要不要参与其中的时候，猛然发现不知什么时候，门口已经聚集了一群友邻，在欣赏地打着节拍。

最后他们一家人像什么都没发生过一样，吃完饭坐了一会儿。

大伯突然提议让几个年轻人趁着夜风凉爽，去跑个步看看。大家觉得也挺久没有训练了，于是决定从院子门口往橡胶林的小山坡上跑。

大伯和三叔各自骑着摩托车带着小不点先往山上去了。

几个人换好鞋，迈着轻盈的步伐出发了。看得出来阿杰心情不错，马田边跑边好奇地问：“所以三叔他到底是怎么样的啊？”

阿杰看了看马田说：“一时一时的吧，也不知道到底是装的还是真的。”

大华哥从后面冒出一句：“是内心太痛苦才这样的。”

阿力问：“你怎么知道？”

大华哥挠挠头，有点儿不好意思地说：“可能是我和三叔同龄吧……”

大家都忍不住笑了笑。

马田默默地哼起黄昏时他们唱的那首歌的调子，在这个清新凉爽的夜晚，他的心情格外舒畅，身边的几个人也被他的快乐感染，都表情轻松地向山上跑去。

阿泽忽然说：“我从来不知道，一个学期能这么长。”说完看了看大家。

“那阿力岂不是没什么感觉？”阿杰嬉笑道。

阿力不乐意地打断道：“这个学期我也付出很多了，我还有在课堂上睡觉吗？”

说完两个人你一句我一句地斗起了嘴。

马田抬头看向夜空，发现这里的星空比市内更加灿烂，心里莫名涌起一阵感动，就像那个孤独的中秋节夜晚，猛然抬头，被深深打动一样。

几个人不一会儿就到了白天来过的小山坡。由于很少跑这种高低起伏的土路，马田喘得很厉害，其他几个人倒是呼吸很平稳，早已在山坡上的小不点不停地拿着驱蚊水到处喷，呛得马田剧烈地咳嗽。

过了一会儿，大家斜倚在地上，静静地一言不发。小不点也停止了喷驱蚊水。

忽然三叔抬手指着天空说：“大熊座、小熊座、狮子座、牧夫座、北斗七星、乌鸦座……”

大家闻声抬头，顺着他指的方向挨个看去，也不知道古人是怎么把这一片点点繁星依着自己的想象看出这么多形状来的，但一个个星座代入名字去看，确实也都有点儿意思。

看着马田半张着嘴盯着天空发呆的样子，阿泽默默地告诉他：“三叔当年学的是天文。”

三叔回头看了看他们，得意地笑了笑，然后说：“听说你们要跑一个大学举办的马拉松比赛？”

几个人同时点了点头。

三叔满脸怀念地感叹着，大伯则微笑着拍了拍他的肩膀。

忽然三叔说：“你们知道世界上最伟大的马拉松选手是谁吗？”

小不点立即坐直身体，大声说道："斯考特·朱瑞克！"

三叔摇了摇头。

小不点不服气，又说："关家良一？"

三叔继续摇头。

小不点皱着眉头，挠着脑袋感到很不服气。

三叔抬手指了指夜空，微笑着说："是它们。"

大家抬头看向头顶的璀璨星空，一脸茫然。

三叔接着说："世界上最伟大的马拉松选手其实就是这些星辰，它们都来自几万光年之外。"

小不点服气地点点头。

三叔又说："有时我们要么沉浸在自己的世界里无法自拔，要么过度在意自己的感受，所以风吹草动也足以在我们心里变成一场山崩海啸。当你的心里装进这片草木星空时，你便会感到自己如一粒微尘，轻松自在。"

说完，三叔深深地吸了一口气，又长长地舒了一口气。

几人也学着他的样子，深呼吸了一口气，连大伯都缓缓地放下烟斗，跟着他们一起深呼吸起来。

山坡上的几个人就这样呼吸着这个世界新鲜的空气，感受着被世界包裹的感觉。

马田坐在高高的山冈上，感觉到自己像鸟一样轻，像云彩一样高。他忽然想到，飞翔是为了落地，漂泊是为了停靠，长路漫漫地奔跑，无非是为了最后可以心无旁骛地驻足，然后凝望着我们所喜爱的东西，再没有一丝惶惑与不安。

在之后的两天里，大家过着闲散无忧的日子，早上割胶，下午在乡野田间追逐玩耍，晚上烧烤，一起乘凉，其乐融融。

马田总是看着这一切傻笑。

假期结束，几个人踏上回学校的长途大巴。

车子缓缓开动，离开农场，掀起一阵滚滚烟尘，大家都依依不舍地看着窗外，陷入沉默。

忽然小不点站起来，招呼大家往后看。在身后的一串滚滚烟尘里，有一辆三轮摩的驰骋而来。司机戴着墨镜，嘴、鼻用围巾包裹得严严实实的，旁边的座位上坐着一个男青年，穿着白衬衫，头发在风中极度凌乱，迎着尘埃，灰头土脸地背着一个牛仔双肩包，边咳嗽边挥手大喊着。

大家一看，正是三叔。

阿杰立马焦急地把头探出窗外，担心地大喊：“三叔！你在干吗？”

三叔的手用力地拨开面前飞扬的尘土，竭尽全力艰难地大喊：“我是下一班车！我要走了！”

阿杰：“你要去哪儿？”

三叔：“去大陆！”

阿杰：“什么？！爸爸和大伯知道吗？”

三叔：“管他们呢！”

阿杰在尘土飞扬里看着三叔，咧着嘴开心地笑了，三叔也开心地笑了。

三叔又大喊一句：“我在大陆等你！等你考大学过来！”

说完，三叔的车子停了下来。

三叔在原地不断地用力挥着手，并且温柔地望着阿杰。阿杰也远远望着他，眼睛湿润，两人就这样静静地对视着，再没有喊过话，直到三叔的脸越来越小，越来越模糊，渐渐消失在身后，阿杰才把头收回车窗里面，静静地坐下来。马田等人也开心地笑着，时而看看窗外，时而看看阿杰。

阿杰用力地咬着衣服，努力地克制着抽泣声。

路上的尘土渐渐平息，三叔看着远去的大巴车，泪水在脸颊上滑出一条没有尘土的痕迹。三叔对着道路远方大声喊着："人为什么明明可以勇敢离开，却偏偏困在这里呢？！" 说到"这里"时，三叔用力捶了捶自己的胸口，然后对着摩的司机开心地问了一句，"对不对？"

一头雾水的摩的司机取下墨镜，迷茫地看向三叔，尴尬地点了点头。

三叔做了个掉头的姿势。

疯犬少年的天空

21

正式初赛

“初赛有九十多支队伍，

通过初赛的要求是进入前十名？”

一天的课程结束，虽然临近期末考试，但操场上依然有一群快乐玩耍的少男少女。

他们在四处奔跑打闹着，高中生追逐着初中生，初中生追逐着小学生，小学生则追不上任何人。

在操场远处的厕所门口，有一位裤子脱到脚跟、正在撒着尿的小学部男生被径直抱向花坛，一群大哥哥拿他当花洒用，他也为自己所尽的这份绵薄之力感到骄傲。于是像所有人一样，他脸上洋溢出无忧无虑的快乐。

然而这派青春涌动的景象却没有让马田等人感到轻松，他们表情凝重，面前站着教练小不点。

小不点："明天我们就要参加初赛了。刚刚得知消息，初赛有九十多支队伍，通过初赛的要求是进入前十名。"

马田等人的表情都僵住了，感到一股前所未有的压力。

阿泽小声嘀咕道："光参赛的人就有四五百了啊。"

"没想到居然有这么大规模。"阿力一脸担忧地说。

马田："也就是每一个赛段的起点都有九十多个人，怎么排得开呢？排到后面的岂不是很吃亏，挤都挤不出去？"

大家点点头。

小不点拿出一张纸画了起来："这个不用担心，每一个赛段的起点，都分为五行，每行十个人左右，行与行之间前后相隔100米，举个例子，如果我们在第一赛段出发时排位是第一行，那么以此类推，到最后马田的赛段时，马田就会排在第五行，反之亦然。这样会比较平衡，保证每个队伍都有排在第一行和最后一行的赛段。"

大家听完，觉得很合理，点了点头。

小不点转过身，提了一个比他人还大的黑包出来，重重地扔在几个人中间。大家都好奇地看着他和那个包。小不点蹲下来，拉开拉链，大家这才看到，里面是一件件装在塑封里的运动衫。

小不点随手拿了一件出来，橙黄色的衣服。拆开塑封，展开衣服，是一件无袖跑步衣，背面印着"IN THE WIND"和数字"1"，还有阿泽名字的拼音首字母。

阿泽开心地接过，在身上比了比。大家看着这统一的队服，彼此会心一笑。

小不点有点儿害羞地推了推眼镜："之前找人定做的，里面还有你们的鞋子和一些可能会用到的护膝、护腕。"

大华哥兴奋地拿着自己的衣服，把手伸到几个人中间，激动地大喊着："我们加油！"

大家虽然觉得有点儿尴尬，但还是把手叠了上去，呐喊了一声。

马田的班主任和洪大国在楼道里远远看着他们，轻轻地笑了起来。

当晚，大华哥正在宿舍楼道里不断地深呼吸，忽然身后寝室有个人叫道："华哥，有个女人打电话找你！"大华哥匆匆转身进了宿舍。

小不点埋头在书桌前，拿着一张纸，上面全是奇怪的公式和一行行的数字，他时而皱眉，时而双眼放光。

而613宿舍静悄悄的。

阿力跷腿坐在床上，脚边放了一包瓜子，手里熟练地拿起一粒瓜子，放进嘴里嗑一下，然后默念一句："进决赛。"又拿起一粒，放进嘴里嗑一下，默念，"艰难挺进决赛……"

他就这样不断地重复着以上的动作，嘴里念念有词："进决赛、艰难挺进决赛、拼尽全力进决赛、正好进决赛、进不了决赛……"

阿泽看着他脚下堆得像小山似的瓜子壳发起了呆，并不明白他为什么有这么多个其实没什么差别的选项。过了一会儿阿泽终于忍不住了，小声地问阿力："你有没有发现，你这里进不了决赛的概率其实只有百分之二十？"

阿力看着他，挠了挠自己的脑袋，陷入沉思，过了一会儿突然向阿泽丢了一个瓜子壳，生气地说："你瞎说什么？！明明每一个选项都是不一样的。"

阿泽只能无奈地看着他继续之前的动作。

阿杰则静静地头枕双臂，躺在床上，双眼放空。

马田在寝室靠门处坐着，不断地翻着自己的手机相册，看到父母的合照时，忍不住抚摩了一下屏幕；看到初恋的照片时，愣了愣，然后点了删除键；最后看到和傻强、老狗、大嘴当初在机场送别时的合照，忍不住笑出了声，然后陷入沉思。

突然有人敲了敲门，推开门进来的是洪大国。除了阿力正在吃瓜子，大家都看向洪大国，洪大国也看着大家，然后问："明天几点啊？"

马田小心翼翼地问："什么几点？"

洪大国不耐烦地说道："别装了。"

马田尴尬地答道："上午十点半开始。"

洪大国听完，点了点头，然后语气严厉地说："那你们还不早点睡！"

他说完转身，打算关门离开时，又淡淡地说了句："要进决赛啊。"

马田看向他，笑了笑。

接着门被关上了。

而此时阿力终于嗑完最后一粒瓜子，长长地舒了一口气，心满意足地笑了起来。

22

橙色闪电

“在这片天空下，

云朵在地平线上涌动，风吹过远方的草原，海豚在水里翻腾，日光穿过重重山岭，银河转过天际。

有人在滑翔伞下，

在帆船上，在海浪中，在沿着海岸的公路上欢呼。”

第二天，天气晴朗，阳光普照，整个海滨大道上人山人海，形形色色的人中，穿运动装的人最多，到处都是彩条、横幅，五颜六色，五花八门，什么都有。

路边停了一排排的大巴和许多媒体车，记者们争相拍着现场的状况。

马田等人穿着统一的橙黄色队服、黑色跑鞋，跟在小不点后面，在签到处签到，看了看身边的其他选手。他们这一队显得尤其瘦弱，旁边都是身形健硕的大哥、大叔，也有男女混合的参赛队伍。选手们要么做着热身运动，要么合照留影。

阿泽一脸新奇地看着这一切。

阿杰则看了看阿力问："你干吗一直抖个不停？"

阿力结巴地说道："我没……没有啊……"但身上还是忍不住一直颤抖。

大华哥则一脸莫名其妙，带着肃杀之气，全身硬邦邦地左顾右盼着。

马田忍不住拍了拍他，担心地说："华哥，你别绷得这么紧，待会儿力气都没有了。"

大华哥听完，一下子泄了气，胸口平复下去，小肚腩微微涌上来，尴尬地说：“我只是想涨涨气势！”签到完毕，小不点看了看时间说：“还有十分钟，后面赛段的人就要上大巴车去下面的出发点了。”

大家集体“嗯”了一声。

小不点一改严肃的表情，轻松地说：“这段时间，很开心，我跟你们在一起，有时像你们的哥哥，有时又像你们的弟弟。”然后害羞地笑了笑。

几个大男孩一齐抱了抱小不点。

之后除了阿泽，大家纷纷往身后的大巴车走去，各自寻找自己赛段的车辆。

在熙熙攘攘的人群里，大家都被挤开了，阿杰和马田一齐往后走去，看到前面的牌子写着：第四赛段。阿杰拍了拍马田，表示自己先上车了，马田也拍了拍阿杰，说了一句：“我们终点见吧。”接着往后走去，上了去往第五赛段起点的大巴车。

阿力和大华哥也挤在拥挤的人群里上了车。

大巴车缓缓开动，大家一齐往后看去，在第一赛段的起跑线上，从前往后，依次分出了五行的距离，大家发现阿泽幸运地排在最前面。他咧着嘴开心地笑着，大家心里都长长地舒了一口气。

阿力忽然透过车窗发现小不点正一脸焦急地在远处冲着他挥手，嘴里在慌张地喊着什么，但是他听不见，他也只能不明所以地冲着小不点挥手回应，大巴车缓缓离去，小不点渐渐消失在视野里。

阿力检查了一遍身上的衣服和鞋子，发现没有什么问题，表情稍微放松了一点。

坐在他旁边的大哥站了起来，活动着筋骨。阿力看着他壮硕的体形，忍不住在心里默默担心起自己来，那位大哥也注意到了他，对阿力说：“待会儿一起在第二赛段加油啊！”

阿力紧张地点点头，忽然感觉到哪里不对，陷入沉思，然后突然站起来，大声地喊道：“什么？这辆车是去第二赛段的？10公里长的第二赛段？”

车上的人都奇怪地看向阿力，只有大哥淡定地点点头。

阿力整个人面无表情地瘫坐下来，这才想起来小不点刚刚焦急地对着自己挥手的情景，嘴里不断地念叨着：“完蛋了，完蛋了，我和大华哥上错车了，我怎么跑得完10公里……”

去往第三赛段的大华哥也发现自己上错了车，一直在司机旁边念叨着让他下车，搞得司机不耐烦地踩了急刹车，生气地说："喏，我停在这儿，你自己跑回去怎么样？"

大华哥心想出发已久，也不知道往哪儿跑能截住阿力的车，才不好意思地对司机摇了摇头，只得作罢。司机一脸鄙夷地踩油门继续去往第三赛段。

大华哥担忧地看着车窗外，深知阿力是跑不了10公里的，一脸悔恨莫及的样子。

在起跑线上，阿泽看了看身后密密麻麻的对手们，忽然一改以往傻乎乎的模样，眉宇间竟然透出一丝英气勃发来。

枪声响起，场边一个扩音器里传来嘹亮的声音："本届海岛马拉松接力赛预选赛正式开始了，今天一共有九十多支队伍参加这场比赛，盛况空前，也是目前为止最大规模的……"

阿泽呼出一口气，迈出步伐，向前跑去，世界仿佛就此进入无声的状态，身边涌动的人群都变成幻影，他耳朵里只听见自己的呼吸声和步伐声。

渐渐地，阿泽感觉自己脚下的路变成幼年时那条乡间土路，一步一步都踏起一阵尘埃，他哭哭啼啼地跑着，忽然前方出现两个小男孩，一个黑黑壮壮的，一个嬉皮笑脸的，黑黑壮壮的那个在远处，声音洪亮地对着他大喊道："喂，你哭什么啊？过来啊！我们等你！"嬉皮笑脸的那个小孩也在旁边得意地笑着点点头。

然后阿泽跑向他们，他们渐渐长大，是阿杰和阿力，他们两人跑在前面，却不断地回头，对自己招手，脸上都洋溢着欢笑，跑着跑着，忽然马田跑了进来，同样对着自己招手，示意自己快一点，过了一会儿，大华哥也从旁边跑了出来。大家都在前面微笑着等他。

直到一群对手渐渐跑到阿泽前方，才冲散这些幻觉。

阿力站在第二赛段的起跑线第二行，不断地干呕着。旁边的人担心地扶着他，问他能不能行，他摆摆手表示没事，却面无血色。

就在此时，起跑线上的人都躁动起来，开始大声呼喊着，阿力发现前方已经出现一支小队伍，向自己这边跑来，过了半分钟，身前身后已经有好几个人交接完毕，转身跑向第二赛段。阿力立即忘记了干呕这件事，脸上渐渐恢复血气，凝目眺望，寻找阿泽的踪迹。

不一会儿，交接点上已经有接近一半的人出发了，而远处也终于出现阿泽的身影，阿泽越来越近，表情却越来越绝望，用惊讶的目光远远地看着阿力，阿力则一脸焦急又带点尴尬地看向他。

两人交接完毕后，阿泽仍然跑在阿力身边："怎么是你？"

阿力不好意思地说道："我和大华哥上错车了……"

阿泽拍了拍阿力说："没关系，还有他们三个在后面，你一定要坚持跑完！"

阿力一脸从未有过的认真，用力点了点头，向第二赛段平稳地跑去。

阿力跑过路边一棵又一棵的树，每经过一棵树他都要重复地念叨："我最终可以跑完，我最终拼尽全力跑完了，我最终差一点点就没跑完……"

过了一会儿，阿力气喘吁吁地甩了甩头，喃喃自语道："不对，我不能一直说话浪费体力！"然后只见他依然认真地盯着一棵又一棵的树，嘴里无声地念念有词。

过了半个小时，阿力已经跑过了半个赛程，只见他面色苍白，衣衫已经湿透，微弱地呼吸着，半仰着头，一脸的生无可恋。

突然一个熟悉的声音模糊地传进他的耳朵，他已经翻白的双眼渐渐恢复焦点，缓缓地看向路边，在汗水模糊里看见一个久违的身影。他定睛一看，竟然是穿着连衣裙的霞姐。阿力一脸惊恐，只听见霞姐在远处破口大骂着："王嘉力，怎么是你，不是我们华哥？你个废物，要是拖累了后面的华哥，你自己看着办吧……"

阿力全身一哆嗦，竟然不知为何又振作起来，厌恶又惊恐地看着霞姐，莫名地提高速度，往前跑去。

二十分钟过去了，阿力回到之前的濒死状态，忽然一股愧疚涌上他的心头：他跑了这么久，从来没见过前面有人，却只见到一个又一个的人从他身边超过往前跑去。

已经过了一个小时，他终于看见前方第三赛段的起跑线，居然只有大华哥一个人，一股更大的愧疚涌上心头，因为他知道这个赛段，自己跑了最后一名。

他眼眶忍不住湿润起来，已经没有意识，只是机械地向着大华哥缓慢跑去。

大华哥认真地看着越来越近的阿力，嘴里仿佛在不断地喊着加油。阿力刚刚到第三赛段交接点就倒了下去，趴在地上，面色苍白，却仍然带着哭腔，边抽泣边向大华哥道歉。

大华哥和阿力交接完毕后，没有立即转身出发，而是把摔倒在地上的阿力扶到路边的树下，双手用力地捧着他的脸，认真地说："我看到你在最后关头都还在奋力跑着，谢谢你，兄弟，你多帮我跑了5公里，接下来你的那份，别担心，我帮你追回来。"

然后他认真地看了看阿力。阿力一脸泪水夹着汗水，看着大华哥用力点了点头。

大华哥瞬间放下阿力，双目圆睁，转身仰天怒吼一声，如一颗炮弹冲出交接点，吓得路边的工作人员愣在原地，水壶都掉了，久久不能动弹。

大华哥如一阵风，衣服紧紧贴着他的身体，仿佛和他已经融为一体，所有景色在他身边都只变成一片模糊的色彩。

在第三赛段中段几十个人的大部队中，忽然有人隐隐感觉身后有一股莫名的强劲冲击力，他们集体转头看去，发现有一个壮硕的身穿橙黄色运动衫的青年正满腔怒火地冲刺而来，大家都惊讶得半张着嘴，忍不住集体提了提速，但发现根本于事无补。在这位青年的全力冲刺下，他们的提速效果几乎为零。

过了一会儿，大家眼睁睁地看着他超越大部队，往前继续冲去。

一个参赛选手问了问身边的人："这人嗑药了吧？"

那个人尴尬得没有答话。

在阿杰所在的第四赛段的起跑线处，一个扩音器传出激动的实况解说："有一个穿橙黄色衣服的选手，简直就像是一辆在高速公路上不断违章、一直在超速行驶的跑车……"起跑线上的人都皱着眉头，用心地收听着第三赛段的实时情况。

第四赛段起跑线上的扩音器："哇，这辆'无敌的跑车'

正在不断地超车，他好像和队友上错了大巴车，为了全力挽回队友的劣势，他一刻不停地狂奔着，他衣服后面印着‘IN THE WIND，2号’……”

阿杰听到自己队伍的名字，还没明白过来发生了什么，只见起跑线上的对手都看向他，并且盯着他身上的队服。一股突如其来的自豪感油然而生，阿杰强装淡定，但忍不住挺了挺胸口。

大华哥在高速跑动中忽然放缓步伐，因为他看见路边站着一个面容白皙、穿着朴素的女人，她双手捧着下巴，微笑着，却满脸泪水地看向他。那个女人温柔地喊道：“老公，你好帅啊！”

第四赛段起跑线上的扩音器：“欸？我们的‘橙色超跑’怎么忽然刹车了？他缓缓走向路边，出了什么事吗？大好的追赶形势不要了吗？”

第四赛段起跑线上的扩音器：“哇，橙色超跑哥和路边一个美丽的女人用力地相拥在了一起，他们看起来像是夫妻，这一幕真的太温馨了……”

阿杰听完，忽然开心地傻笑起来，同时也忍不住起了一身的鸡皮疙瘩。而第四赛道起跑线的选手们竟然集体鼓起了掌，许多人还来友好地拍了拍阿杰的肩膀。

马田、阿泽和阿力也同样在各自所在的地方听着这段实况解说。听到这里时，他们都忍不住笑着看向天空，一副心满意足的样子。

在这片天空下，云朵在地平线上涌动，风吹过远方的草原，海豚在水里翻腾，日光穿过重重山岭，银河转过天际。有人在滑翔伞下，在帆船上，在海浪中，在沿着海岸的公路上欢呼。宁静中的不平凡，就这样深藏在这个世界的每一个角落。

23

决赛与意外

“如果可以幻化出内心的感受，

那么此刻他背后理应有一双翅膀。”

半个月之后。

午后的阳光刺眼，小马哥和几个小学生正偷偷摸摸地走进613宿舍，确定没人后，又爬到窗台上，小心翼翼地掀开一块木板，露出一个大洞，正好有一条水管从其中穿过。

小马哥透过窗台上的洞往下看去，感觉很高，地底下的花坛离他很遥远。小马哥看了看几个小伙伴，小伙伴也看了看下面，默不作声。

小马哥鼓起勇气说："我先爬下去，你们再跟上。"一众小伙伴点点头。小马哥站上窗台，抱着水管，抬头看了看，发现一小股清水从上方往下流，水管上方正漏着水。

他屏住呼吸，然后长舒一口气，开始往下爬，小伙伴们都一脸紧张地看着他慢慢地穿过那个口子，缓慢地往下爬去。

小马哥大气都不敢出，明显非常紧张，上面的水不断地往下淌，让水管变得湿滑起来，抬头往上看，自己离开613宿舍的窗台已经有一段距离了，忽然有点儿后悔，但已经回不去了。

他谨慎地看了看远处，发现自己正处在一个非常高的地方，地面遥远，树尖在身后像一只只巨大的手，仿佛在向他招手，天空辽阔而空洞。

忽然一声闷响，613宿舍窗台上的几个小孩全都失声尖叫起来，往宿舍外焦急地跑去。

决赛当天，滨海大道的赛段上，人声鼎沸，围观了无数的人。

阿杰出发了，步伐轻盈迅速，在无数的呐喊欢呼声中，他的脸庞依旧冷峻，毫无表情，他看见天空中有忽明忽暗的云朵起伏，看见路旁的树影摇曳，看见面前的对手们都在拼尽全力地交错前进。

此时，已经结束了自己赛段的阿泽、大华哥和阿力都默默地坐在原地，焦虑地看向远处，小不点则目不转睛地盯着起点处拿着话筒的主持人。

在各处同步的实况解说里，都响彻着主持人的声音："现在已经开始了第四赛段的比赛，随着时间的推移，最后决胜赛段即将到来，目前跑在最前面的是虎牙队。而值得一提的是，本次进入决赛的十支队伍里，IN THE WIND队伍，是其中平均年龄最小的，他们大部分是高中生，他们在上次的预选赛里靠着最后三段惊人的赶超，实现惊险晋级，目前他们排在第五，可是他们队伍最后一棒的选手，据说目前并不在第五赛段的交接点上。”

小不点拿起电话，迎接他的，依然是耳边的一串忙音。

阿杰家中，阿杰的父母和大伯正在全神贯注地看着比赛直播。

大伯兴奋异常地说：“阿杰很厉害啊！”

没有人接话，大家都在认真地看着电视。

忽然大伯又说了一句：“阿杰他们这次赢了的话，听说可以去大陆参加比赛。”

电视机旁的人依然全神贯注地盯着直播，无人接话。

大伯又说：“其实大学考去外地，年轻人四处看看，见见世面也没什么不好的。”说完看向阿杰的父亲，阿杰的母亲则惊讶地看着大伯，又看了看阿杰的父亲。

过了一会儿，阿杰的父亲仍然盯着电视，目不转睛，但轻轻地“嗯”了一句。

大伯和阿杰的母亲都一下子没反应过来，疑惑地看着阿杰的父亲。

阿杰的父亲又小声地说了一句："他开心就好。"说完，他的眼睛湿润了。

阿杰在公路上闭上了眼睛，却看见那些挡在前面的选手全都幻化成一道道的障碍和沟壑，他四周只剩下自己沉重的呼吸声。

他看见三叔坐在三轮摩的上对着他大声呐喊，却不知道他在喊什么。他追着三叔，身边渐渐出现许多奇异的风景和从未见过的街道，然后三叔一直张牙舞爪地冲着他比画着，仿佛在喊着："管他们呢！"

阿杰睁开眼时，已经到了赛段的转弯处，内弯挤满了其他队伍的选手，阿杰则默默地跑到外弯。

世界一片明亮，他喃喃自语道："我要走了。"

于是开始加速。

实时解说惊呼："真是令人惊讶的弯道超车，而且是从外弯超的……"

阿杰感到从未有过的轻松与自在……

如果可以幻化出内心的感受，那么此刻他背后理应有一双翅膀。

解说："这支橙色队伍已经挤进了前三。"

阿杰看见前方的第四赛段终点和第五赛段起跑线上面只有九个人，马田并不在其中。

阿杰到终点时，却无人交接，身边的其他队伍都逐渐完成交接，进行最后的冲刺。

解说："很可惜，这支年纪最小的'橙色闪电'，第五赛段无人接力，他们这次的决赛就到此为止了。他们此时的成绩几乎是并列第一。"

小不点、阿泽、大华哥和阿力都木讷地继续看着远方。

阿杰在交接处却一脸轻松的样子，拿了条毛巾默默地坐在路边，擦着汗，他忽然问旁边刚刚和自己一起赛跑的其他队伍的人："你是大学生？"

那人点点头。

阿杰："从外地考来这里的？"

那人又点点头。

阿杰又说："我们这里不错吧？"

那人满脸笑容，说道："是啊，很特别，以前没来过海岛。"

阿杰又问：“你们那里也不错吧，是什么样的？”

于是那人兴致勃勃地开始给阿杰介绍自己的家乡，阿杰则兴致勃勃地听着，一脸开心的样子。

疯犬少年的天空

24

疯犬少年

“他已经忘记了青春具体是什么样子的，
只是静静地向前奔跑，
似乎从来不会摔倒，像眼前绝无沟壑，像狗一样。”

马田此时正把小马哥放在软绵绵的草地上。

小马哥气息微弱地说："我就是想去看看你们的决赛……"

马田看着小马哥说："我恐怕已经来不及了。"

小马哥听完，眼睛就红了。

马田则摇着头担忧地看着小马哥说："车子马上就到了，坏就坏在南门在修路，开进来得好一会儿。不过你肯定没事的。"

小马哥看着马田，一脸愧疚："马田，我那天想明白了。"

马田看着他，忽然觉得好笑，问他："你想明白什么了？"

"你一个高中生，是不可能对我以前拿给你的那些玩具感兴趣的，而且我知道，你说的那些奇遇记其实都是你绞尽脑汁瞎编的吧？"

马田尴尬地笑了。

小马哥接着说："所以谢谢你。"

过了一会儿，马田摸了摸小马哥的头："也谢谢你。"他想起那些孤独沉闷的夜晚，其实自己也是快乐的。

天色已晚，马田一身泥污，掺杂着血渍，气喘吁吁地跑在滨海大道上，周围全是一些清洁工在扫着地，地上到处都是彩条和横幅，还有许多水瓶。

除了风吹过来的声音，只剩下扫把摩擦地面的沙沙声和清洁工人们的闲聊声。

马田一脸失落和疲惫，站在自己所在的第五赛段起跑线附近。这里早已空无一人，他气馁地坐在原地，用手抚摩着这条公路。

忽然远处一辆皮卡车亮起车灯，马田看过去，发现那辆车冲着自己交替闪着远光灯，然后又响起几声喇叭。

马田拿手挡住双眼，那辆皮卡车关了远光灯。远远望去，马田看见皮卡车的车尾厢上站着几个一身运动装的少年。

马田愣了愣，大喊一句："你们怎么还没回去？"

那边阿力大声回喊道："在等你把这个比赛跑完啊。"

马田看向他们，发现他们都开心地冲着自己笑。马田既无奈又内疚，然后对着他们喊道："对不起！"

那边没有回应，只响起一阵喇叭声，远光灯交替闪烁着。

过了一会儿，阿杰迎面走来，马田则站在公路上残留的交接点记号处和阿杰拍了拍手表示交接，紧接着迈出步子。

小不点等人则让司机开动皮卡车，跟着马田。几人充当起解说，声音响彻夜空。

“这是IN THE WIND最后一棒的选手马田，他刚刚完成交接，开始向着最后的终点冲刺！

“他健步如飞，他们队伍在第四赛段时几乎是并列第一。他最终能在一干强劲对手的比拼中勇夺第一吗？

“他们咬得很紧，观众开始激动得欢呼起来……

“马田居然还在加速，丝毫没有要慢下来的意思……”

在空旷的道路上，马田融入夜色，旁边的海水拍打着海浪，遥远的星光从光年外穿过夜空，洒落在大地上。

我们的主角马田，今年十六岁，他已经忘记了青春具体是什么样子的，只是静静地向前奔跑，似乎从来不会摔倒，像狗一样。

由于他没有对手，他只能幻想昨天的自己在旁边和他全力赛跑着。

昨天的他，也就是决赛的前一天，他穿着一身白色的运动服；今天的他则穿着一身橙色的运动服，后面印着：IN THE WIND，5号，MT。

两个马田紧咬不放。

昨天的白衣马田渐渐吃力，追赶不上，开始耍赖，想扯住今天的马田的衣服。

马田用力摆脱，却甩不开他。

他们又拼尽全力地跑了一段。

今天的马田决定脱去自己的上衣。

然后又脱掉自己的裤子。

接着还扔掉了自己的鞋子。

加上袜子。

最后是内裤。

他决定让这个世界来包裹自己，所以衣物是多余的。

他张开双臂，放声怒吼。

向着夜空的繁星点点和身边无尽无边的海洋全力奔跑而去……

别让昨天的你，拉扯住今天的你。

你一定要跑赢昨天的自己。

身后的皮卡车停下来，在马田惊天动地的呐喊声里，冲下来几个热泪盈眶的少年。

尾声

作者从天空看向大地，看到了人群中那个突出的年轻人，那就是我们的主角马田，十六岁，今天他将和大家一起欢送初中部的学弟们和高中部的师兄们。他嘴唇紧闭，目光炯炯有神，有过人的身高和腿长，竟然看起来有点儿帅。

主席台上，校领导做着欢送毕业生的致辞。

马田和三个锅盖头站在队伍中间，而面前是坐在轮椅上的小马哥。

作者看着这一幕，想起两年前，那个马田带头胡闹的毕业典礼。

小马哥忽然动了动手指，然后马田递过去一瓶插着吸管的水，小马哥喝了一口水。

马田问他："怎么一个学期过去了，你还坐着轮椅，我记得你的石膏早就拆掉了吧？"

小马哥不好意思地说："看我这样，我爸才不好意思追究我当初为了看你们的决赛爬墙而差点摔死的事情啊。"

马田鄙夷地说了一句："那你以后自食其力吧，我已经照顾你一学期了。"

小马哥不开心地噘了噘嘴。

此时主席台上校领导大喊一声："有请初中部的优秀毕业生上台！"

一共三个人，其中两个人是小不点和大华哥。人群中发出一阵欢呼。马田在人群里发现了大华哥的老婆，马田看向她，她也发现了马田，彼此招了招手。

接着毕业生致辞开始了，是小不点。

小不点清了清喉咙，开口说了第一句话："其实，这个优秀毕业生对我来说，是有愧于心的。"

校领导们都皱了皱眉。

小不点接着说："因为我自己知道，我是个天才，学什么都很简单，和你们处在一个年级，对你们来说其实是一种不公平……"

于是台下一片鸦雀无声。

初中部和高中部的毕业典礼散场后，几个人又凑在一起，唯独不见大华哥。

马田问："大华哥呢？"

小不点回答："哦，他去咨询进入高中部的事情了。"

众人一脸惊讶，阿力问："他还想继续上高中？"

小不点点点头，大家都忍不住笑起来。

阿杰默默地拿出一本《高考考点摘要》，认真地看了起来。

阿泽也凑过去一起看着。

阿力则拿出初中数学课本。

小不点说："暑假别落下功课啊，你们四个明年要高考了。"

大家都点了点头，过了一会儿，大华哥也回来了。

忽然阿杰问马田："重庆的大学漂亮吗？"

马田摇了摇头说："我没上过，但重庆肯定是漂亮的。"

阿杰点点头，然后问："如果可以的话，你打算考到哪里？"

"这里就不错吧。"马田笑着说。

忽然几只鸟飞过，一坨鸟屎掉在了阿力的脸上。

阿力尖叫一声，迅速擦了擦脸，手用力一甩，殃及了所有人。

所有人都跳了起来，开始追着逃跑的阿力狂打。

一行人一路追到校外远处的一个坡上，气喘吁吁地躺了下来，看着天空发呆。

阿杰盯着马田，突然想起了什么，好奇地问马田："对了，那天晚上你为什么要裸奔，跑得像只疯狗一样？"

马田陷入沉思，大家也都转头看着他。

大家都在静静地等着马田的回答。

马田缓缓坐起来，看着下面的一切，感到愉悦。

他坐在高高的山冈上，感到自己像鸟一样轻，像云彩一样高。他忽然想到，飞翔是为了落地，漂泊是为了停靠，长路漫漫地奔跑，无非是为了最后可以心无旁骛地驻足，然后凝望着自己所喜爱的东西，再没有一丝惶惑与不安。

“因为在人生里，有比赢更重要的事情——”马田说到一半，停了下来，皱着眉头，严肃地看向大家，故意卖着关子。

几位少年等了几秒，忍不住问他：“是什么？”

马田咧开嘴笑着说：“那就是输得开心点啊。”

大家一齐开心地笑了，看向天空，过了一会，静静发起了呆。

后记

/ 一 /

7万年前，在我们生活的这个星球上的某个地方，有一群“智人”开始初具规模地对这个世界产生疑问，逐渐形成一场认知的革命，就此奠定我们人类历史和文明的基础。

因为在那年，我们每天除了快乐地奔跑在原野上，还第一次开始对世间万物发问，这些问题简单粗暴，却在我们的内心轰鸣作响，振聋发聩。

那年我们第一次问自己：“如何才能更容易地生存？”

于是我们有了第一批在这个世界上赖以生存的粗劣工具，是这些东西让我们有能力对抗强于自身许多倍的生物。

1200年前，我们保持着这份对世间万物的疑问，把焦点放在“如何才能更好地生活”这个问题上。

于是有了一场农业革命，我们不再依靠运气和勇气觅食，改变了我们朝不保夕与颠沛流离的生活。

这一群野人好不容易撑到500年前，不管那年五行山下是不是压着孙悟空，但至少大家都穿上了衣服，不忘初心，我们仍带着这份对世间万物的长年累月的疑问，第一次尝试着思考："这个世界是怎么样的，我可以改变它吗？"

于是一场科学革命悄然来临，我们开始探索这个世界，找寻其中的规律；我们尽量解释一切和深入了解世间万物。

从哥白尼到哥伦布，从星辰至大海，从牛顿到爱迪生，从苹果树下至屋檐下，正是先贤们的疑问生生不息，不绝于耳，才让我们从专注于低头觅食中渐渐抬起头来去仰望星空。

/ 二 /

所以我幻想第一次人文的产生应该是在远古时候的某个夜晚，那一天繁星布满夜空，照亮了世界的某个角落，那里坐着某位人类的先人，他告别一天的疲惫，第一次放松警惕，忘记了可能随时被野兽袭击，忘记了可能随时被危险物种扑倒、咬破喉咙的危险，开始静静地欣赏这一片草木星空。

他被这番壮丽景色吸引，双目凝望天空，惊讶得合不拢嘴。

他也许对此有了一个从未有过的疑问："云彩霞光处，真的就是天空的尽头吗？"

星空不言，草木不语，但一颗种子就此埋下。

他或许把这个问题分享了出去，分享给了身边的人类；他也可能百思不得其解，将这些问题就此代代相传下去。

所以，当佛陀向世人伸出手指指向月亮的时候，当苏格拉底喝下毒酒结束了爱讨论与辩证的一生的时候，当东方的孔子开始与两个小儿辩日的时候，当达·芬奇记录下蒙娜丽莎的微笑的时候，当马丁·路德·金振臂高呼“我有一个梦想”的时候，当王小波在二十一岁想变成天上忽明忽暗的云的时候，人文轻轻地来，把天空堆满云彩。

如果说科学让我们发掘伟大，那么人文便时时刻刻提点着我们的渺小。

如果说科学延伸人类的极限，那么人文则小心翼翼地守护着人类的脆弱。

/ 三 /

所以有时候我个人羞涩地认为，科学家和写作者，本质是殊途同归的。

这两者中优秀的那一部分，都站在巨人的肩膀上，却仍然像懵懂无知的人类祖先，小心翼翼地环视着这一切，然后诚恳地向这个世间的万物发问，并且得到属于自己的答案。

比如，爱是什么?

“莱斯特小姐，有些人觉得爱就是性，是婚姻，是清晨六点的吻和一堆孩子，或许爱就是这样，莱斯特小姐，但你知道我是怎么想的吗?我觉得爱是想要触碰却又收回手。”

梦想是什么?

“一个不成熟的人愿意为了某个理由而轰轰烈烈地死去，而一个成熟的人愿意为了某个理由而谦恭地活下去。”

希望是什么?

“如果冬天来了，春天还会远吗?”

独立的人格是什么?

“只要你是天鹅蛋，就是生在养鸡场里也没有什么关系。”

男人是什么?

“我在女人面前经常失败，就是由于我太爱她们了。”

女人是什么?

“和女性争辩是不明智的，无论这个女性是不是明智。”

包容是什么?

“缤纷色彩闪出的美丽，是因它没有分开每种色彩。”

生而为人，如果我们比其他物种有什么不可替代的优势的话，我想就是心中发出疑问的能力。

是它们促使我们打破一个又一个壁垒，推倒一面又一面困住我们的墙。

所以当写作者失去它们时，便是写作者沦为打字员的时刻。

当人群失去它们，人群便是一群训练有素、听候差遣的动物。

/ 四 /

最后我想用一个小朋友的疑问来结束这篇后记。

很多年前，我还在上高中，一个不到十岁的小朋友拿着几个奥特曼的模型玩具问我：“世界上真的有奥特曼吗?”

多年后回想起来，这也许是在他心中轰鸣作响、振聋发聩的疑问，也是他对世间万物的一次试探。

那年我只是出于无聊，斩钉截铁地点点头，说有，还为此编了一堆“我是如何偶遇奥特曼”的故事讲给他听。

今天回想起来，我觉得那是我人生中一个小小的光辉时刻。

因为在真相和独立人格之间，我选择让他保留自己那一份独立人格，让他相信他所喜欢的，不抹杀他的趣味之心。毕竟真相自会有时间和人带给他。

而在现实和独立人格之间，我依然选择独立人格。

这条街的尽头，会不会有一座伟岸的城堡，那条街上有没有住着一位洞察世事的老巫婆，天空之上是否真有一座城市?

这些我早已知晓答案，但有比答案更重要的东西，那就是不泯的好奇之心与童心。

祖先们从原野到洞穴，从海洋至天空，所有疑问与答案的源头，其实都是这一颗好奇之心所铸造出来的那一份独立的人格。

道理和知识，只能成为人生的参考和指南，它却不能陪你做自己，也不会让星光充满你的大脑，真正与你不离不弃，渡你至人海彼岸的，是你夜不能寐时选择的音乐，是你失落无助时选择的行为，是你蒙受责难和委屈时选择的回应，是你顺遂得意时选择的心态，是你那独一无二的人格。

所以，当有一天我回想起这个故事时，我带着自己内心振聋发聩的疑问，写了这本书。

五个少年，以不同的状态活在这片星空之下，是你，是我，也可能只是他自己。也许它还是一个关于找寻独立人格的故事，又或许你们还有别的见解。

那么，《疯犬少年的天空》里到底藏着什么？这片天空是否也有尽头？

有时间，我们搬出小板凳，放下手机，嗑着瓜子，一起凝望。

希望阅读这本书，会让你感到愉快。

里则林

2017.2.7

图书在版编目（CIP）数据

疯犬少年的天空 / 里则林著. — 北京：北京联合出版公司，2017.5
ISBN 978-7-5596-0256-5

Ⅰ. ①疯… Ⅱ. ①里… Ⅲ. ①长篇小说–中国–当代 Ⅳ. ①I247.5

中国版本图书馆CIP数据核字（2017）第079369号

疯犬少年的天空

作　　者：里则林
选题策划：北京磨铁图书有限公司
责任编辑：徐　鹏
封面设计：苏艾设计
版式设计：焚　稿
封面插画：CaringWong

北京联合出版公司出版
（北京市西城区德外大街83号楼9层　100088）
河北鹏润印刷有限公司印刷　新华书店经销
字数124千字　880毫米×1230毫米　1/32　印张8.25
2017年7月第1版　2017年7月第1次印刷
ISBN 978-7-5596-0256-5
定价：36.80元